KB121451

로크미디어가
유혹하는
재미있는 세상
ROK
MEDIA
로크미디어

사령왕
카르나크

사령왕 카르나크 1

2023년 7월 18일 초판 1쇄 인쇄
2023년 7월 21일 초판 1쇄 발행

**지은이** 임경배
**발행인** 강준규

**기획** 이기헌 왕소현 임동관 박경무 강민구 조익현
**책임편집** 백승미
**마케팅지원** 이원선

**발행처** (주)로크미디어
**출판등록** 2003년 3월 24일
**주소** 서울시 마포구 마포대로 45 일진빌딩 6층
**Tel** (02)3273-5135 **Fax** (02)3273-5134
**홈페이지** rokmedia.com **E-mail** rokmedia@empas.com



값 9,000원

ISBN 979-11-408-1401-5 (1권)
ISBN 979-11-408-1400-8 04810 (세트)

# 사령왕 카르나크

1

임경배 판타지 장편소설

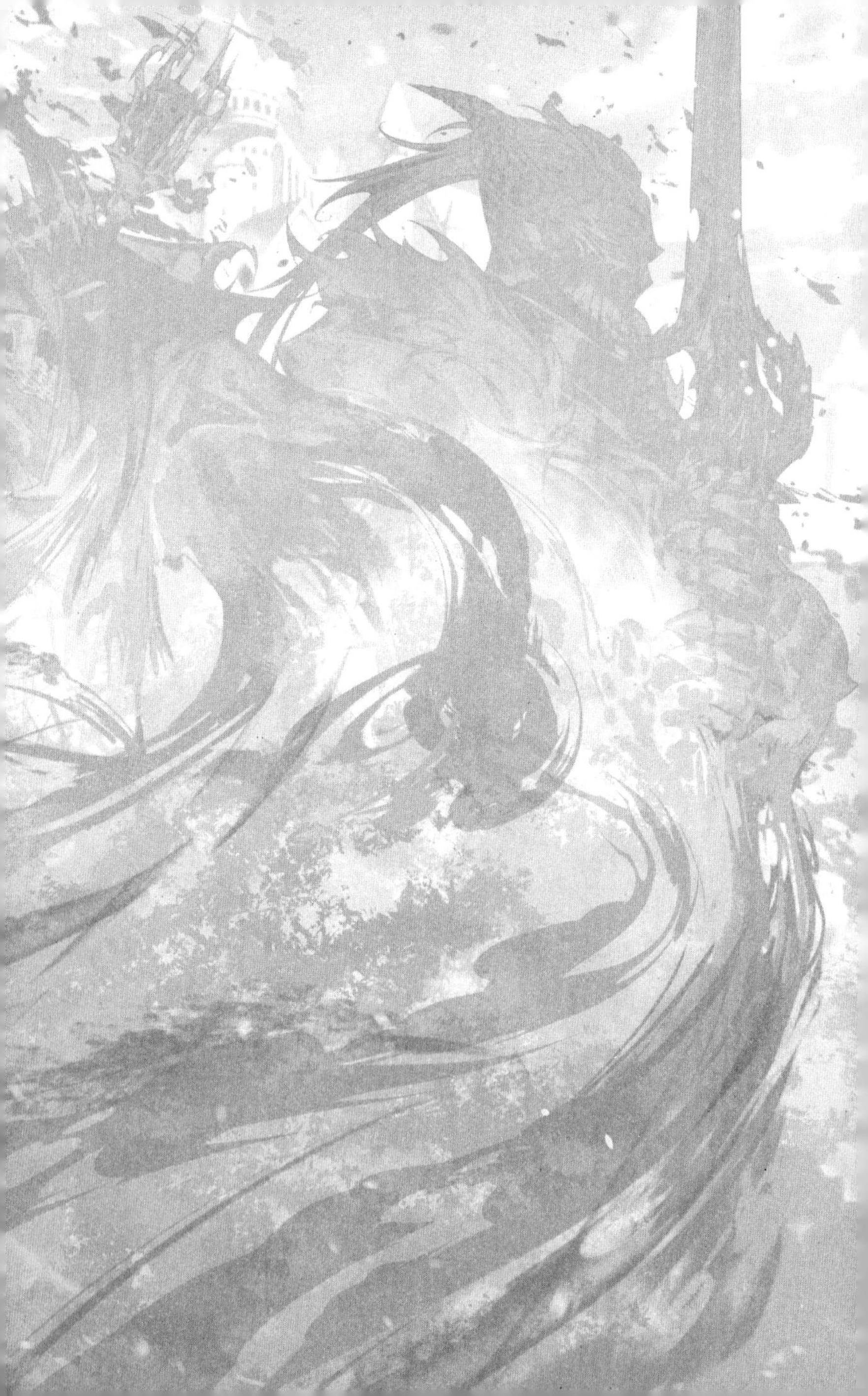

CONTENTS

# 프롤로그

나는 죽음을 지배하는 자였다.

100년의 시간이 지나고 나서야 깨달았다.

사람이 사람답게 살려면, 저딴 거 지배하면 안 된다는 것을.

웅장하고 화려한 궁성이었다.

끝없이 도열한 황금 기둥들과 그 아래 펼쳐진 대리석의 홀, 벽마다 걸려 있는 우아한 그림과 장식, 정교하게 세공된 조각상까지.

그러나 이곳엔 응당 있어야 할 사람들이 없었다.

왕도, 왕비도, 왕자도, 공주도, 심지어 신하나 시종 1명조차도.

아니, 정확히 말하면 왕은 있다. 신하와 시종도 있다.

그저, 그들이 사람이 아니었을 뿐.

흐릿한 달빛이 비추는 커다란 황금 왕좌.

그곳에 검은 로브를 걸친 해골 하나가 앉아 중얼거리고 있었다.

"내가 왜 그랬을까……."

한마디 툭 내뱉고는 깊은 한숨.

"하아, 대체 내가 왜 그랬을까……."

한숨과 함께 어깨를 축 늘어트리며 허무한 미소를 짓는다.

인간의 그것이 아닌 해골의 미소.

"아니, 왜 그랬는지 모르는 건 아니야. 어쩔 수 없긴 했지."

듣는 이 하나 없건만 연신 혼잣말을 이어 가며 해골, 사령왕 카르나크는 멍하니 자신의 손을 들어 보았다.

"에휴……."

앙상한 뼈다귀 위로 푸른 기운이 맺혀 인간의 손 형상을 갖춘다.

한번 휘두르는 것만으로 바다를 가르고 하늘을 떨쳐 울릴 권능이 담긴 손.

두개골 위로도 인간의 형상이 피어오르기 시작했다.
창백한 푸른 인간의 얼굴이 탄식을 내뱉는다.
"이런 몸이 된 지도 벌써 70년째인가? 와, 시간 진짜 빨리 가네."
왕좌에 몸을 기댄 채 사령왕 카르나크는 허무한 미소를 이었다.
"더럽게 느리게 가는 것 같기도 하지만 말이야."

카르나크가 금기 중의 금기인 사령술을 처음 접한 것은 대략 100여 년 전의 일이었다.
몰락한 귀족가의 사생아로 태어나 괄시받으며 자란 그였다.
살아남기 위해 금기에 손을 뻗었고, 운이 따라 힘을 얻었다. 행운인지 불운인지는 모르겠지만.
그 대가로 인간의 길을 벗어났다.
끝없이 밀려오는 적들과 맞서 싸우고, 때론 먼저 치고, 죄없는 이들을 죽이고 또 죽이며 사악한 사령술사의 삶을 살아갔다.
악마가 된 그를 세상은 더더욱 증오했다.
중앙의 라케아니아 제국, 서쪽의 7왕국 연합과 동쪽의 베

루스 연방, 위대한 일곱 여신을 섬기는 7여신교까지.

대륙 전체가 그의 적이었다.

온 세상을 상대하면서도 카르나크는 물러서지 않았다.

강대한 죽음의 권능을 이용해 덤벼 오는 적들을 언데드로 만들어 수하로 삼아 더더욱 권세를 넓혔다.

전쟁은 점점 커져만 갔다.

죽은 자가 산 자의 세계를 걷는 생지옥이 대륙 전역으로 퍼져 나갔다.

어느덧 그는 사령왕이라 불리는 존재가 되었다. 인류가 용납할 수 없는 절대악이었다.

마침내 인류의 마지막 보루마저 무너졌다.

인세의 최강자인 4대 무왕(武王)과 그 권세가 하늘에 닿았다는 3인의 대마법사마저 패배해 사령왕의 권속이 된 것이다.

결국 세상의 수호자, 용황제 그라테리아까지 모습을 드러내게 되었다.

과연 용황제는 강했다.

금기란 금기는 모조리 저지른 카르나크조차도 답이 보이지 않을 정도로.

당연한 이야기였다.

잘나신 용족 중에서도 제일 잘나신 용황제를 상대로, 편법만 죽어라 쓰던 하찮은 인간이 뭘 할 수 있을까?

어쩔 수 없이 마지막까지 미뤄 왔던 최악의 비술을 시행했다.

최강의 언데드인 데스 나이트나 아크 리치조차 능가하는 궁극의 초월체 '아스트라 슈나프'로 스스로를 바꾼 것이다.

그렇게 카르나크는 완벽하게 인간을 버렸다.

잃은 것이 큰 만큼 대가도 컸다.

사흘의 전투 끝에 그라테리아는 용황제의 격을 잃었다. 대신 사룡 그라테리아가 되어 사령왕의 충실한 노예가 되었다.

하급 귀족 출신이란 것 외엔 아무런 특별한 점이 없던 카르나크.

영웅의 혈통이나 신의 힘을 타고나지도 않은 한낱 인간이, 특별한 영웅과 신의 힘을 이겨 내고 지고의 자리에 오른 것이다.

세상은 완벽하게 그의 것이 되었다.

"그래, 다 좋아. 해피엔딩이지. 다 좋은데……."

재차 자신의 손을 바라보며 카르나크는 깊디깊은 한숨을 내쉬었다.

"뼈만 남은 이 몸으로 뭘 할 수 있다고?"

금은보화, 우아한 미녀, 미주 가효, 인간이 상상할 수 있는 모든 사치와 쾌락.

전부 의미가 없어졌다.

죽어 버린 이 육체엔 인간적인 감각이 모조리 사라져 버렸으니까.

"느끼고 싶어……."

맛을 느끼고 싶다.

사람의 온기를 느끼고 싶다.

가볍게 불어오는 산들바람과 따사롭게 내리쬐는 햇살을 느끼고 싶다.

아니, 차라리 고통이라도 느꼈으면 좋겠다.

칼날이 파고들어 끔찍한 통증을 안겨 주는 연약한 피부조차도 이 무미건조한 뼈다귀보단 나으리.

"……에이, 솔직히 그건 아니고. 아무리 그래도 고통보단 무감각이 낫지. 뭔 곱게 자란 귀족의 헛소리 같은 걸 하고 있냐, 나."

재빨리 말을 바꾸며 카르나크는 피식 웃었다.

어쨌거나 감각이 그리운 것은 사실이다.

이게 참, 있을 땐 별로 소중한 줄 모르고 지나쳤는데 막상 잃고 나니 진짜 몸서리쳐지게 아쉽다.

"이래서 남들이 하지 말라는 데는 다 이유가 있다니까. 어쩐지 다들 사령술을 금단이니 금기니 하면서 멸시하더라니."

사는 즐거움이 없다.

삶을 이어 갈 원동력이 없다.

그렇다고 자살을 하자니 그건 또 싫다.

"죽는 건 여전히 무서워."

무감각해지면 죽음의 두려움도 느끼지 못할 줄 알았는데, 꼭 그렇지도 않았다.

살아서 즐겁고 싶은 것이지 죽어서 괴로움을 잊고 싶은 건 아니다.

그저 나오느니 한숨뿐이었다.

"그나마 믿을 만한 거라곤 저것뿐인가?"

카르나크는 힐끔 왕좌 뒤를 돌아보았다.

우뚝 선 커다란 핏빛 비석이 기이한 빛을 명멸하고 있었다.

그는 눈을 빛냈다.

"저게 성공한다면……."

정확히 말하면 눈을 빛낸 건 아니다. 이미 눈깔 따윈 썩어 사라진 지 오래니까.

그냥 뻥 뚫린 해골 구멍 사이로 영기로 만든 눈동자가 번뜩였단 소리지.

"……희망이 있겠지."

햇살이 비치지 않아 음침한 어둠이 깔린 긴 회랑.

신장이 2미터에 달하는 거구의 기사가 복도를 걷고 있었다.

얼핏 인간처럼 보이지만 인간은 아니다.

두꺼운 근육을 덮은 창백한 피부에 온기 따윈 없다. 호흡 또한 불필요하며 눈조차 깜박이지 않는다.

그가 산 자가 아님을 보여 주는 명백한 증거였다.

죽은 자들의 제국, 네크로피아의 2인자.

4인의 무왕 중 무려 3인을 꺾고 지상 최강의 자리에 올라선 무인이자 죽음의 군단 총사령관.

카르나크가 아직 인간이었던, 심지어 사령술을 접하기도 전부터 충실한 시종이었던 사령왕의 최고 심복.

데스 나이트 로드, 바로스는 문득 뒤를 돌아보았다.

건장한, 그러나 그에 비하면 상대적으로 말라 보이는 또 1명의 데스 나이트가 자신을 뒤따르고 있었다.

바로스가 물었다.

"그 양반이 뜬금없이 왜 날 불렀대요, 레번 경?"

데스 나이트 레번이 정중히 대꾸했다.

"그분의 깊으신 뜻을 제가 어찌 알겠습니까, 로드 바로스."

바로스는 쓴웃음을 지었다.

"항상 비슷한 대사로군요. 역시 당신은 살아 있었을 때가 좋았는데."

과거 4인의 무왕 중 1인이자 모든 검사들의 정점이었던 레번 스트라우스는 다시 한번 정중히 고개를 숙였다.

"모든 것은 그분의 뜻대로 이루어질 뿐입니다."
"하긴, 이미 예전의 당신이 아니니 어쩔 수 없겠죠."
바로스는 레번을 뒤로한 채 계속 걸음을 옮겼다.
마침내 그의 발길이 거대한 홀의 입구에 닿았다.
홀 안으로 걸어가 무릎을 꿇으며 바로스가 정중히 입을 열었다.
"모든 죽은 자들의 군주, 생과 사의 지배자, 대륙의 정복자, 위대하신 사령왕 카르나크 폐하를 뵈옵……."
왕좌의 해골이 바로 손사래를 쳤다.
"아, 됐어."
"엥? 예의 차리지 마요?"
의아해하며 바로스가 고개를 들었다.
카르나크가 턱을 괸 채 투덜댔다.
"차려서 뭐 하게? 안 차리면 누가 나 우습게 본대?"
절대적인 힘을 지닌 자는 예의범절에 둔감한 법이다.
굳이 꼬치꼬치 따지지 않아도 즉석에서 예절을 주입시켜 줄 수 있거든.
그럼에도 바로스가 격식을 차린 이유는, 아무리 카르나크에게 복종하는 네크로피아의 언데드들이라도 어느 정도는 생전의 관습에 영향을 받기 때문이다.
즉석에서 예절을 주입시켜 줄 힘이 있다곤 해도 아예 그럴 일 자체를 만들지 않는 것이 더 편하지 않겠는가?

'그런데 더 이상 격식을 차리지 말라고 하신다?'

이는 더 이상 언데드들을 지배할 필요가 없어졌다는 의미다.

"어, 설마?"

바로스는 평소의, 그러니까 인간이던 시절부터 카르나크를 불러 왔던 오랜 호칭을 꺼내 들었다.

"성공한 겁니까, 도련님?"

카르나크가 의기양양하게 어깨를 으쓱거렸다.

"그래, 된 것 같다."

"맙소사."

바로스의 시선이 왕좌 뒤쪽으로 옮겨졌다.

커다란 핏빛 비석을 보며 그가 미심쩍은 듯 물었다.

"진짜 제대로 작동하는 거 맞아요? 내내 실패하셨잖아요."

처음부터 카르나크가 잃어버린 생육신에 대해 아쉬워한 것은 아니었다.

세계 정복, 세상 만물을 자신의 지배하에 두는 것.

그 지배자로서의 쾌감은 상당히 컸다.

문제는 그게 몇 년 못 갔다는 점이지.

기껏 절대적인 힘으로 세상을 손에 넣어 봤자 쾌락을 향유

할 수 없으면 무슨 의미가 있는가?

그래서 리치 같은 고위 언데드는 극도로 가학적인 성향을 띠게 된다.

타인을 학대하고 고문하며 그들의 고통을 통해 대리 만족을 얻는 것이다.

아쉽게도(?) 카르나크에겐 그런 사디즘적인 성향은 없었다.

"남이 아픈 건 그냥 남이 아픈 거지, 그게 왜 내가 즐거울 일이야? 내가 무슨 반사회적 공감 장애자도 아니고."

바로스가 초를 쳤다.

"아니시라고요? 그런 것치곤 그동안 하신 짓이……."

"아, 그냥 살려고 버둥대다 보니 그랬다니까?"

"그간 도련님에게 죽어 간 자들이 그 소리 들으면 참 마음의 위안이 되겠네요."

"……시끄러워."

어쨌든 저런 이유로 카르나크도 이런저런 수법을 시도해 보았다.

제일 먼저 시도한 것은 빙의였다.

솔직히 하루 종일 생육신으로 살 필요는 없다.

그냥 필요할 때, 필요한 만큼만 감각을 느낄 수 있으면 되는 것 아닌가?

그래서 살아 있는 인간 노예들을 잔뜩 잡아다 그들의 영혼을 지우고 육체를 대신 차지하는 시도를 해 보았다.

"……그러고도 반사회적 공감 장애자가 아니시란 겁니까?"

"넌 좀 닥쳐라, 바로스."

슬프게도 시도는 실패했다.

궁극의 초월체, 아스트라 슈나프가 된 카르나크의 영적 기운은 커도 너무 컸다.

빙의는 고사하고 영혼의 손가락 끝만 들어가도 그냥 육신이 박살 나 버렸다.

'역시 임시로 타인의 육체를 차지하는 건 불가능한가?'

그래서 이번엔 아예 환생을 노려보았다.

처음부터 엄선된 아기들을 모아 자신의 영혼에 가장 걸맞은 육체를 고른 뒤 그 속에 깃드는 것.

빙의보다는 결과가 좋았다. 적어도 다리 한 짝 정도까진 들어갔다. 손가락에 비하면 장족의 발전이었다.

물론 그것이 한계인 것은 마찬가지였지만.

그 외에도 여러 시도를 해 보았다.

타인의 감각을 훔친다거나 언데드로서 쾌락을 추구할 여러 방법을 찾았다.

소용없었다.

영혼을 흡수하며 쾌락을 느끼는 레이스, 흡혈을 통해 쾌감을 얻는 뱀파이어.

이런 언데드들의 공통점은 저 쾌락이 곧 부작용이라는 것이다. 자신에게 모자란 부분이 있기에 그 부분을 메우는 과정에서 쾌락을 얻는 것이다.

궁극의 초월체가 된 카르나크에겐 그 모자란 부분이 없었다.

모자란 부분이 없으니 메울 것도 없다.

메울 것이 없으니 쾌락도 없다.

그는 절망했다.

이대로 죽지 못한 채 살아야 하는 걸까?

사는 것에 아무 재미도 없는데?

그렇게 허송세월만 보내던 중, 문득 떠오른 생각이 있었다.

그가 인간의 쾌락을 얻지 못하는 이유는 인간이 아니기 때문이다.

그가 인간이 아닌 이유는 궁극의 초월체가 되었기 때문이다.

'그럼, 더 이상 아스트라 슈나프가 아니면 되는 거잖아?'

지닌 힘을 잃기 위해 연구를 계속했다. 그리고 마침내 해답을 찾았다.

'인간이던 시절로 돌아가면 된다.'

인간이던 시절.

세상의 적이자 모든 산 자들의 증오의 대상이 아니던 시절.

그저 세상에 대한 막연한 원망만 가지고 있던, 하급 귀족의 사생아이던 바로 그때로.

'시간을 되돌리겠다!'

그 결과가 왕좌 뒤의 저 핏빛 비석, 시공을 초월하는 어둠의 발현체.

카르나크가 의기양양하게 말했다.

"인류 역사상 최강의 사령술사가 그 누구보다 간절한 염원을 지닌 채 연구에 매진했다. 이러고도 실패한다면 그 누구도 할 수 없다는 뜻이겠지!"

기다렸다는 듯 바로스가 콧방귀를 뀌었다.

"그건 인류가 역사를 기록한 이래 제대로 된 사령술사가 도련님밖에 없었으니까 그런 거 아닙니까? 비교 대상이 있어야 최강이고 나발이고……."

사령술은 선사시대, 즉 인간이 문자를 발명하기도 전에 존재했던 정체불명의 고대 종족이 남긴 비술이다.

이후 금기 중의 금기로 여겨져 아무도 제대로 익히지 않았다. 어설프게 힘을 추구하다 목 잘린 삼류들만 있었을 뿐.

당연히 인류 역사상으론 카르나크가 최강이겠지.

"아, 뭐 틀린 말은 아니긴 한데……."

왕좌에 앉은 해골이 턱관절을 딱딱거렸다.

"바로스, 네가 어릴 적부터 함께 자란 심복이 아니었으면 진작 목을 쳤을 거야."

"그걸 아니까 저도 이렇게 막 대드는 거죠. 제 목을 치시면 도련님은 뭐 속 편할 것 같습니까?"

"에잉, 입만 살아선."

카르나크는 왕좌에서 몸을 일으켰다.

핏빛 비석으로 다가가며 중얼거린다.

"어쨌거나 가자, 바로스."

바로스 역시 비석으로 다가섰다. 그리고 검붉은 표면을 이리저리 살피며 물었다.

"이거, 성공하면 언제로 돌아가는 겁니까? 설마 아기 때부터 다시 시작하나요?"

"그렇게는 안 돼. 최소한의 공통점은 있어야 하거든."

어둠의 마력으로 시공을 뒤트는 것이니만큼, 도달할 시공에도 동일한 접점이 있어야 한다.

그리운 듯 카르나크가 말을 이었다.

"내가 사령술사로서 첫발을 내디딘 때. 최초로 어둠의 마력을 취한 바로 그 순간이 되겠지."

"그럼 전 데스 나이트가 된 그 순간으로 돌아갑니까? 시간대가 안 맞을 텐데요?"

"넌 그냥 나한테 편승하는 거잖아? 같은 시간대로 돌아갈 거다."

"아, 그렇군요."

여전히 미심쩍은 얼굴로 바로스는 연신 비석을 살폈다. 그러다 문득 물었다.

“실패하면 어떻게 되는 겁니까?”

“소멸하겠지.”

“소멸이란 게 남 이야기 하듯 쉽게 말할 일은 아닌 것 같습니다만?”

“왜? 지금 삶에 미련 있냐?”

바로스는 헛웃음을 지었다.

세계를 지배하는 대제국의 2인자.

초인적인 권능을 지닌 불사의 육체.

이 모든 것에 미련이 있냐고?

“없네요.”

그랬다. 삶에 아무런 쾌락이 없긴 그 역시 마찬가지였다.

“밑져야 본전, 손해 볼 게 없군요.”

편안한 얼굴로 바로스가 비석에 손을 얹었다.

“갑시다, 도련님.”

“그래.”

카르나크 역시 앙상한 손바닥을 비석 위로 올렸다.

핏빛 비석이 거대한 어둠을 피워 올리기 시작했다.

“돌아가자고. 사람답게 살던 그 시절로.”

# 뭔가 이상하다

눈을 뜨자 제일 처음 본 것은 어수룩한 인상의 20대 금발 청년이었다.

'……누구더라? 어쩐지 낯은 익은데.'

고민하는 카르나크의 귀에 익숙한 목소리가 들렸다.

"저기, 혹시 도련님이십니까?"

누군지 기억났다.

"바로스였구만."

눈앞의 이 청년은 데스 나이트가 되기 전, 아직 젊었던 그의 심복이었다.

"뭔가 생각했던 거랑 다르네요."

눈을 껌벅거리며 바로스가 멍한 표정을 지었다.

"안녕, 현세의 나…… 이제 새로운 삶이 펼쳐진다…… 막 정신 흐려지고…… 대충 이럴 줄 알았는데."

카르나크는 굳이 그를 타박하지 않았다.

"어, 실은 나도 그럴 줄 알았어."

설마 눈 감았다 뜨자마자 모든 게 싹 변해 버릴 줄이야?

너무 갑작스러워서 전혀 실감이 나지 않을 정도였다.

"거울이나 좀 가져와. 내 모습도 확인하게."

"거울 같은 소리 하시네. 그렇게 비싼 물건을 이 시점의 우리가 가지고 있을 리가 없잖습니까?"

전 세계를 지배한 사령왕 카르나크라면 거울 따위 흔해 빠진 싸구려 물건이겠지만 지방 귀족의 사생아인 지금은 감히 손에 넣기 힘든 사치품이다.

대신 바로스가 그의 얼굴을 확인해 주었다.

"걱정 마십쇼. 딱 20살의 도련님이십니다. 깡마른 체구에 검은 머리, 검은 눈동자, 시건방진 표정까지 그대로시네요."

"……내 인상이 그렇게 안 좋아?"

"그러게 표정 좀 곱게 지으라 하지 않았습니까? 얌전히 있으면 잘생긴 주제에 만날 세상만사 불평불만이란 인상이었으니, 쯧쯧."

카르나크는 흐뭇하게 웃었다.

"적어도 한 가지 변하지 않은 부분은 있구나."

과거로 돌아온 후에도 바로스는 과연 바로스였다.

"여전히 싸가지가 없어."

그리고 자신은 저 싸가지없는 심복을 무려 100여 년이나 옆에 두고 있었지.

이제 와서 발끈하기엔 너무 익숙해졌다.

"그래, 어릴 적 내가 좀 세상에 불만이 많긴 했지."

카르나크는 주위를 둘러보았다.

두 사람이 서 있는 곳은 한 어두침침한 동굴이었다.

벽 한쪽에 작은 테이블이 놓여 있고 그 위에 책 한 권이 펼쳐져 있다. 광원이라곤 오직 흔들리는 작은 촛불뿐이다.

마치 낙서장처럼 보이는 그 서적을 집어 든 뒤 카르나크가 중얼거렸다.

"여기 있군, 모든 것의 시작."

가문의 창고 깊숙한 곳에서 우연히 발견한 고서, 말이 좋아 고서적이지 실은 제대로 된 책도 아니었다.

제목조차 없이 난잡한 필체로 필사된 조잡한 노트.

제대로 출간된 책이 아닌, 누군가가 개인적으로 끄적거린 물건이란 의미다.

하지만 이 책에서 얻은 지식으로 인해 최초로 사령술의 길을 걸을 수 있었지.

"어디 시험해 볼까……."

읊조리며 카르나크가 손가락을 튀겼다.

손톱만 한 작은 불꽃이 피어오르더니 오래된 서적을 불태우며 커져 갔다.

화르륵!

화염은 순식간에 서적을 재로 바꾸고 사그라졌다.

"현시점의 사령력은 이 정도로군."

카르나크는 고개를 끄덕였다.

"대충 예상했던 대로네. 막 사령술 입문했을 시기니 당연하겠지."

지켜보던 바로스가 흠칫 놀라 물었다.

"엑! 그거 불태워도 되는 겁니까?"

"어차피 내용은 머릿속에 다 있는데, 뭘."

이 책 자체가 무슨 특별한 어둠의 마력을 내재하고 있다거나 하진 않다. 그냥 지식을 적어 놓은 평범한 책일 뿐.

"딱히 수준 높은 지식도 아니고. 그냥 사령술의 기초 수준이야."

그가 지상 최강의 사령술사가 될 수 있었던 것은 전 세계를 돌아다니며 지속적으로 고대의 지식을 습득했기 때문이다. 이 책 한 권으로 갑자기 초절정 사령술사가 떡하니 된 게 아니다.

"오히려 그래서 더더욱 태워야 돼. 어쨌건 이 책 덕분에 사령술에 입문할 수 있었잖아, 나."

카르나크가 입문할 수 있었다면 다른 엉뚱한 놈도 입문할 수 있다는 의미.

게다가 이 서적을 지니고 있다는 걸 누군가에게 들키면 운 좋아야 교수형이고 재수 없으면 화형이다.

"이제 와서는 필요하지도 않은데 괜히 화근을 남길 필요는 없지."

재를 털어 낸 뒤 그는 동굴 밖으로 시선을 돌렸다.

저편에 아릿하게까지 느껴지는 빛이 보였다.

"일단 밖으로 나가 볼까?"

카르나크가 비명을 터트렸다.

"우악!"

바로스도 기겁했다.

"이, 이거 뭐야?"

어마어마한 빛이 머리 위로 쏟아지고 있다!

그야말로 세상 전체를 불태울 것만 같은 끔찍한 광량!

바로스가 멍하니 중얼거렸다.

"아, 이거 그거네요."

"응?"

"햇빛요."

"그러고 보니 태양이란 거, 원래는 이랬지?"

주위를 둘러보며 두 사람은 멍한 표정을 지었다. 그새 시야가 적응되어 세상이 제대로 보이는 것이다.

사실 당연한 이야기였다.

더 이상 언데드도 아니고 멀쩡한 인간인데 햇살이 무슨 지옥의 겁화처럼 느껴질 리가.

실은 그냥 몇 초 정도 눈 좀 부시고 끝이었다. 호들갑을 떤 이유는 어디까지나 기분상의 문제랄까?

호들갑 떨 일은 아직 남아 있었다.

"오오!"

"햇살이 따듯해요, 도련님!"

"풀 냄새! 풀 냄새가 난다!"

"흙냄새도 나요!"

온 세상의 모든 인간이 누구나 당연히 느끼는, 그리고 무심코 지나가는 것들이 둘의 감각을 강타한다.

카르나크와 바로스는 감동으로 눈물을 흘렸다. 그리고 눈물을 흘렸다는 사실에 또 한 번 감동했다.

"이거 봐, 바로스! 눈물이다! 눈물이 나와!"

"전 무려 콧물도 나옵니다!"

"난 침도 나온다!"

"이대로라면 오줌도 쌀 수 있는 것 아닐까요?"

"당연히 쌀 수 있지! 인간으로 돌아왔는데!"

"……더러운 이야기는 여기까지 합시다, 우리."

어쨌거나 되찾았다.

감각을, 감정을, 감동을 느낄 수 있는 진짜 육체를.

그 대가로 잃은 것은 절대의 권능.

더 이상 인류 역사상 최강의 사령술사도, 최강의 데스 나이트도 아니다.

"아, 필요 없다고, 그딴 거!"

"그럼요, 그딴 거 된다고 행복해지는 것도 아닌데!"

오랜 종복을 향해 카르나크는 외쳤다.

"이번엔 진짜 사람답게 좀 살아 보자!"

나지막한 야산의 한 숲속, 푸른 수목 사이로 여름 햇볕이 내리쬐는 숲길을 두 남자가 걷고 있었다.

둘 다 평범한, 살짝 허름해 보이기까지 하는 여행복 차림이었다.

푸석푸석한 금발을 지닌 청년이 문득 이마에 손을 얹고 하늘을 올려다보았다.

"날씨 좋네요."

매끄러운 흑발의 잘생긴 청년이 멍하니 대꾸했다.

"그러게. 날씨 정말 좋네."

햇볕은 쨍쨍, 모래알은 반짝.

확실히 싱그럽고 따사로운 날씨였다.

"……이거 너무 더운데?"

"땀나니까 짜증도 나고요."

"그러게. 묘하게 신경 거슬리네, 이 감각이란 거."

흑발 청년, 카르나크는 한숨을 푹 쉬었다.

"살아 있는 육체란 게 이렇게 귀찮은 거였지."

짐 대충 챙겨 동굴을 떠나 길을 나선 지 반나절째.

더워서 짜증 나고, 배고파서 짜증 나고, 목말라서 짜증 난다.

감동은 잠시뿐이고 시간 좀 지나니 도로 과거의 권능이 그리워지는 것이다.

이래서 사람 마음이 간사하다는 모양이었다.

"이제 와서 물릴 수도 없으니 익숙해져야지요, 뭐."

투덜대며 바로스는 지도를 펼쳤다.

"슬슬 다르하 마을이 나올 때가 된 것 같은데……."

지도와 근처 지형을 비교하며 그가 머리를 벅벅 긁었다.

"너무 옛날 일이라서 하나도 기억이 안 나는뎁쇼."

자그마치 100여 년 전으로 돌아온 셈이다. 기억이 나는 쪽이 더 이상하다.

"그래도 거기 가면 식당이 있겠죠? 길목 마을이니."

"있으니까 예전의 내가 여길 골랐지."

현 시간대는 카르나크가 최초로 사령술을 터득하기 위해 몰래 가문을 빠져나왔을 시기.

타인의 눈을 피해 인적 없는 숲속의 동굴에서 서너 달을 머물며 어둠의 마력에 입문했던 바로 그때다.

"마력량을 보니 대충 처음 사령력을 얻고 두어 달쯤 지난 것 같은데."

"정확하게 처음 사령력을 느낀 바로 그 시점은 아니네요?"

"100여 년을 거스르는 건데 그 정도 오차야 당연히 생기지."

사령술을 터득하는 동안에도 여전히 먹고는 살아야 하는데 외부인이 거의 오가지 않는 오지에서 저런 서비스를 기대하기는 힘들다.

그래서 일부러 다르하 마을 인근 야산을 골랐다.

다르하 마을은 유스틸 왕국의 중앙 교역로에 위치한 길목.

행상을 위한 여관이나 식당, 상점 등이 위치한 교역 마을이니 수시로 바로스를 보내 생필품을 사 오게 시켰었다.

"듣고 보니 기억이 나는 것 같기도 하고?"

중얼거리던 바로스가 순간 눈을 빛냈다.

"잠깐, 그럼 이제 우리도 진한 포도주에 육즙이 좔좔 흐르는 쇠고기를 뜯을 수 있는 겁니까?"

별처럼 초롱초롱 빛나는 심복의 눈동자를 애써 무시하며 카르나크가 슬픈 표정을 지었다.

"다르하 마을에 그런 수준 높은 식당이 있을 리 없잖아."

실은 식당이 있어도 어차피 못 사 먹는다.

"돈도 없고."

"하긴, 우리 가난했죠?"

바로스는 허리의 경비 주머니를 슬쩍 들었다.

"제법 묵직하군요. 죄다 동전이라 그렇지."

이 시대의 카르나크는 은화 같은 고품격 화폐와는 인연이 없는 것이다.

금화? 그런 귀하신 분은 먼발치에서 구경만 몇 번 해 봤다.

카르나크가 한숨을 푹 내쉬었다.

"집이 귀족 가문이면 뭘 하냐? 쫄딱 망했는데."

그 쫄딱 망한 집안의 천덕꾸러기 사생아이기까지 하다.

덕분에 이 비밀스러운 여행을 위해 죽어라 잔돈푼 모았던 기억이 아직도 생생했다. 100여 년 전인데도 이 기억만큼은 생생할 정도로.

"이래서 내가 사령술이라도 익히겠다고 난리 친 거였지? 이제야 돌아왔다는 실감이 나네."

걸음을 옮기며 카르나크는 과거를 회상했다.

"그러고 보니 도로 부모님이랑 두 형을 봐야 하는 건가? 싫은데, 그건."

"우엑, 그건 저도 싫군요."

바로스가 안면을 구겼다.

곳간에서 인심 난다고, 워낙 망해 버린 가문이다 보니 가족들은 유독 카르나크에게 가혹했다.

애초에 분란의 소지가 되는 것이 사생아란 존재다.

그나마 본인들이 여유가 있다면 어느 정도 관대한 면을 보였겠지만, 두 형들도 자기 앞가림이 벅찬 처지였다. 당연히 카르나크를 대할 때마다 온갖 구박을 일삼았다.

물론 당시 카르나크도 그들을 대하며 이를 득득 갈았고.

과연 형들을 다시 만나고도 태연할 수 있을까?

과거를 떠올리며 바로스가 걱정스러운 표정을 지었다.

"얼굴 보자마자 들이받는 거 아니에요, 도련님?"

"에이, 이제 와서 무슨. 그냥 비위 좀 맞춰 주고 알랑방귀 좀 뀌어 주면 되지."

"그럴 수 없어서 그 상황까지 갔던 것 아닙니까?"

가문 몰락시키고, 두 형 죽이고, 온갖 패악질을 저질렀던 과거를 떠올리며 카르나크는 피식 웃었다.

"이젠 할 수 있어. 나도 나이를 먹었잖아? 더 이상 20살의 애송이가 아니라고."

"지금의 도련님은 정확하게 그 20살의 애송이이십니다만."

"내용물은 100년 넘게 묵었는데, 뭘."

그땐 무시당하는 걸 참지 못해 젊은 혈기로 열심히도 들이받았지만 이젠 적당히 넘어갈 자신이 있다.

"지금 생각해 보면 그렇게 가혹했던 것도 아니지."

당시엔 세상 불행 자기 혼자 다 짊어진 줄 알았지만, 온갖 일 다 겪은 지금은 알 수 있었다.

그의 두 형들 역시 그저 평범한 인간처럼, 자신들이 괴로우니 그 괴로움을 카르나크에게 쏟아 냈을 뿐이라는 걸.

"가만, 그런데 남들이랑 비교해도 좀 심하긴 했네? 어, 생각해 보니 열 받네?"

"거봐요, 성격 어디 안 간다니까요?"

"농담이다, 농담."

손사래를 치며 카르나크는 계속 산길을 걸었다.

어쨌건 지금 당면한 문제는 머나먼 본가가 아니라 당장의 한 끼 식사.

"그나저나 돈은 어쩌지? 적당히 길 가는 사람 좀 털까?"

"사람답게 살자면서요?"

"그랬지, 습관이 되어 놔서 무심코……."

"강도질이 습관입니까?"

"남 이야기처럼 말하기냐? 직접 죽인 사람 숫자는 나보다 네 녀석이 더 많아!"

"그래서 죽이고 도로 살렸잖아요?"

"되살린 건 나지. 넌 죽이기만 했고."

농담인지 진담인지 애매한 대화를 나누며 계속 걷다 보니 슬슬 숲이 끝나고 들판이 나왔다.

저 너머에 다르하 마을이 어슴푸레 보인다.
"어쨌거나 뭐 좀 먹자. 먹고 생각하자, 일단."
카르나크의 제안에 바로스가 화색을 띠었다.
집으로 돌아갈 경비는 남겨 놔야겠지만 그래도 밥 한 끼 못 먹을 정도는 아니었다.
"전적으로 동감입니다, 도련님!"

다르하 마을 어귀의 한 작은 여관.
숙식을 겸한 이곳 1층에서 몇몇 행상들이 점심을 먹고 있었다.
하지만 그들 중 식사에만 집중하는 이들은 별로 없었다.
손님 중 이상한 놈들이 둘 있는 탓이었다.
"오옷! 오오오옷!"
"마, 맛있어!"
"크읏, 이것이 '맛'이라는 건가!"
"그래, 이게 바로 '끓인다'라는 거였죠!"
성인 남자 둘이서 고작해야 보리 빵 두 덩이에 잡탕 스튜 한 그릇 시켜 놓고 무슨 의식이라도 올리는 것처럼 경건하게 바라보더니 한입 먹을 때마다 저 난리를 피우는 것이다.
당연히 다른 이들 눈에는 정신에 상당한 하자가 있는 것들로 보일 수밖에.
'뭐야, 저놈들?'

'왜 저 난리야?'

'사흘쯤 굶었나 보지?'

'그 정도 굶었으면 정신없이 퍼먹어야지 왜 한입씩 먹으면서 저런 쇼를 하는데?'

다른 손님들이 숙덕거리는 와중에도 두 청년의 기행은 끝나지 않았다.

잠시 후, 여관 아주머니가 에일 두 잔을 가져오자 아예 눈물까지 흘리기 시작한 것이다.

"허억! 도련님, 이거!"

"술이다!"

"크윽! 냄새만 맡아도 기절할 것 같은데요?"

무슨 전설의 명주가 아니다. 그냥 마을 주조소에서 빚은 에일일 뿐이다.

심지어 질 좋은 건 이미 영주님께 납품하고 남은 하급품.

그걸 들이켠 이후의 반응이 실로 가관이었다.

"크아아아!"

"아, 이 한 잔을 위해서라면 목숨도 걸 수 있을 것 같아……."

"실제로 걸었잖습니까, 도련님?"

고작 에일 한 모금씩 마시고 바들바들 떠는 둘을 보며 손님들은 결론을 내렸다.

'처량하게 미친 놈들이구나.'

'신경 끄자.'

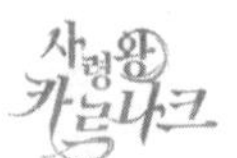

주변 반응이야 어찌 되었건 카르나크와 바로스는 마냥 행복했다.

수십 년 만에 맛본 음식인 것이다.

한입 베어 물 때마다 지고의 쾌락이 엄습하는 기분이었다. 정말이지 이보다 더 큰 행복은 없을 것 같았다.

……라고 생각했는데!

"자, 요리 나왔수다!"

바로 옆자리 테이블에 기막힌 향기를 풍기는 닭볶음 요리가 놓이는 것이 아닌가!

"헉! 여기 닭 요리도 돼?"

"고급 식당이었네요?"

아무리 교역이 활발한 길목 마을이라 해도 소나 돼지 같은 귀한 육류는 축제 때나 구경할 수 있는 것, 평소엔 돈이 있어도 못 사 먹는다.

반면 닭은 그럭저럭 허용 범위 안이다. 뒤뜰에 키우며 정기적으로 모가지 비틀면 되니까.

물론 그렇다고 아무 때나 먹을 수 있을 만큼 싼 음식도 아니다.

돈을 내면 닭고기가 나온다는 것부터가 이 마을이 상당히 풍족하며 오가는 인구도 많다는 의미인 것이다.

그래, 돈만 내면 말이지…….

두 사람이 귓속말을 시작했다.

‘저런 닭 요리를 안주로 에일을 마시면 끝내줄 거야!’

‘얼마일까요, 저거?’

적어도 동전푼 정도로 살 수 있는 음식이 아닌 것만은 분명했다.

아마도 저 손님들은 꽤나 신분이 높은 여행객들이리라. 실제로 입고 있는 옷도 범상치 않아 보이고.

순간 카르나크의 눈이 휙 돌아갔다.

‘싹 다 죽이고 갈취해 버려?’

‘사람답게! 사람답게, 도련님.’

실은 사람답게 살자는 각오를 포기해도 어차피 불가능하다.

바로스가 냉정하게 그 점을 지적했다.

‘지금 우리가 무슨 힘이 있다고 이 인원을 다 죽여요? 오히려 맞아 죽을걸요!’

‘그, 그렇지, 참.’

이들은 더 이상 세계를 지배하던 사령왕도, 최강의 데스나이트도 아닌 것이다.

어깨를 축 늘어뜨리며 바로스는 경비 주머니를 열었다. 지금까지 먹은 식대를 계산하기 위해서였다.

‘에휴, 돈만 있었으면…….’

바로 그때.

“엥?”

갑자기 바로스의 두 눈이 휘둥그레 커졌다.

"왜 그래?"

"도련님, 뭔가 이상한데요?"

"뭐가?"

주위를 조심스레 둘러보더니 바로스가 슬쩍 주머니에서 손을 꺼냈다.

이제 카르나크의 두 눈도 보름달이 되었다.

"으잉?"

웬 은화 한 닢이 시종의 손가락 사이에서 영롱한 빛을 발하고 있다?

"그게 왜 그 안에 있냐?"

재빨리 은화를 다시 주머니에 집어넣으며 바로스가 목소리를 낮췄다.

'있는 정도가 아닙니다.'

그리고 남들에게 안 보이게 주머니 안쪽을 카르나크에게 보여 줬다.

'동전보다 은화가 많아요.'

'그럴 리가?'

어이없어하며 카르나크도 주머니 안을 살폈다.

사실이었다.

동전도 많이 있긴 했지만, 절반 이상이 은화다.

'아니, 주머니 내용물 바뀐 걸 이제 알았어? 오면서 한 번

도 안 열어 봤냐?'

'안에 든 게 뭔지 뻔한데 뭐 하러 확인을 했겠어요, 제가?'

'시종이면 그 정도 확인은 해야지!'

'전 오늘 아침까지 네크로피아의 2인자였거든요? 100년 전에나 시종이었지.'

혹시 주머니 자체가 바뀐 것인가 싶었는데, 그건 아니었다.

엄연히 주머니 입구에 가문의 문장이 박혀 있다. 단지 내용물이 기억과 다를 뿐이다.

서로를 바라보며 둘은 연신 귓속말을 교환했다.

'이때 우리가 경비를 정확히 얼마 챙겼었지?'

'100년도 넘은 옛날인데 기억이 날 리가 있겠어요?'

'워낙 궁핍해서 엄청 아껴 썼다는 기억 정도는 확실히 있어.'

없이 산 기억은 그리 쉽게 잊을 수 있는 것이 아니다.

'당시 우리가 이 정도로 돈이 많았을 리가 없는데?'

'열심히 절약하긴 했는뎁쇼.'

'……절약의 문제가 아니잖냐.'

아무리 절약한다고 해도, 동전이 서로 합체해서 은화가 되지는 않는다.

'이게 대체 어떻게 된 거야?'

주머니 가득한 은화들을 보며 카르나크는 순간 공포를 느꼈다.

단순히 돈 많다고 좋아할 일이 아니다.

뭔가 잘못된 것이 분명하다.

'내가 뭘 실수한 거지? 과거로 돌아온 게 아니었나? 아니, 애초에 시공 마법이 제대로 먹히긴 한 건가?'

상념은 바로스의 이어진 질문에 바로 끊겼다.

"저기, 도련님?"

"왜?"

"이제 우리, 닭 먹을 수 있는 겁니까?"

눈앞의 치킨과 미지의 공포.

저울추는 간단히도 기울어졌다.

'에라, 일단 먹고 생각하자!'

카르나크가 우렁차게 외쳤다.

"여기 주문 받으쇼!"

기름진 닭고기를 한입 베어 문다.

"우하하!"

그리고 바로 에일을 들이켠다.

"으히히!"

먹고 마시고, 또 먹고 마신다.

"우히히하하!"

정신없이 접시를 비우며 두 사람은 황홀감을 만끽했다.

겨우 식사가 끝나자 바로스가 동면을 앞둔 곰처럼 느긋하게 중얼거렸다.

"와, 진짜 정신 나갈 것 같네요."

"동감이다. 고기 맛이란 게 이 정도였나? 마약을 해도 이 정도는 아닐 것 같은데."

"실제로 해 봤는데 별 느낌 없었잖아요?"

"그땐 우리 둘 다 죽은 몸이었으니까 그렇고."

언데드가 뽕 맞고 해롱거리는 경우는 대륙의 유구한 역사 속에서도 존재치 않는다.

"하여튼 좋구나……."

의자에 몸을 기댄 채 카르나크는 나른하게 중얼거렸다.

죽인다.

끝내준다.

행복해 미치겠다.

그 모든 권세와 권능과 영화를 포기할 가치가 있는 쾌락이었다.

하지만 마냥 이러고만 있을 순 없지.

"자, 그럼 정신 좀 차리고 생각해 보자."

자세를 고치며 그는 경비 주머니를 바라보았다.

"대체 어떻게 된 걸까?"

바로스도 진지해졌다.
“우리 기억이 잘못된 걸까요?”
“동전 9개를 동전 10개로 잘못 기억할 수야 있지. 그런데 은화 10개를 동전 10개로 잘못 기억하는 게 가당키나 하냐?”
“그럼 도련님의 마법이 잘못된 걸까요?”
“시공 회귀 마법이 대체 어떻게 잘못되어야 동전이 은화로 바뀔 수가 있는데?”
“……시공이 뒤틀리면서 동전을 쏙 가져가고 은화를 채워 넣었다?”
더없이 한심한 놈이라는 듯 카르나크가 물었다.
“말이 된다고 생각해?”
더더욱 한심한 놈이라는 듯 바로스가 받아쳤다.
“그건 도련님이 생각하실 문제죠. 무식한 칼잡이한테 뭘 바라십니까?”
너무나 정론이었다. 찍소리 못하고 카르나크는 입을 다물었다.
바로스가 달래듯 말을 이었다.
“일단 본가로 돌아가시죠. 그 후에 상황을 파악해도 늦지는 않잖습니까?”
“그건 그렇군.”
카르나크는 의자에 몸을 기댔다.
막상 돌아갈 생각을 하니 막막했다. 이곳 다르하 마을에서 본가인 제스트라드 저택까진 족히 사흘은 넘게 걸리는 것이다.

"피곤한 여정이 되겠군, 아이고, 언제 그 먼 거리를 걸어가나……."

카르나크의 넋두리에 바로스가 문득 고개를 갸웃거렸다.

"어라?"

"왜 또?"

"생각해 보니 우리, 굳이 걸어서 돌아갈 필요 없지 않아요? 여긴 역참 마을이기도 한데요. 말 빌립시다, 말."

역참 마을끼리는 전령이나 시간이 급한 행상들을 위해 돈 받고 준마를 대여해 준다. 말 자체를 구입하려면 규모가 있는 마시장을 찾아야 하지만 빌리는 것은 가능한 것이다.

어디까지나 역참에서 역참까지만 사용할 수 있고 금액도 상당하지만…….

"뭐가 문제입니까? 돈이 이렇게 많은데!"

한심해하며 카르나크가 타박을 던졌다.

"그 돈이 왜 생겼는지에 대한 고민은 전혀 없냐?"

고개를 저으며 바로스가 반문했다.

"이 돈 안 쓴다고 고민이 사라집니까?"

"그건 아니지……."

"그럼 쓰면서 고민하시죠! 몸이라도 편할 거 아닙니까?"

카르나크는 눈을 껌벅였다.

"몸이 편해야 마음도 편하고, 마음이 편해야 고민도 잘 풀리는 법이죠!"

마냥 한심하다고만 여겼는데 듣고 있자니 논리가 그럴듯했다.

"거, 의외로 설득력이 있네?"

황홀한 식사를 마치고 카르나크와 바로스는 다르하 마을 서쪽의 역참으로 향했다.

다르하 역참은 2층짜리 목조건물에 커다란 마구간까지 딸린, 제법 규모가 있는 시설이었다.

가까이 다가가니 중년 사내 1명이 반색을 하며 다가왔다. 아마도 역참 관리자인 듯했다.

"아이고, 돌아오셨군요!"

순간 두 사람은 제자리에 굳어 버렸다.

'돌아와?'

'우리가요?'

돌아왔다는 말은, 예전에 이곳을 들렀다는 의미.

사내가 굽신거리며 말을 이었다.

"두 분이 맡겨 놓으신 말들은 잘 보살피고 있습니다요."

'말을 맡겼다고?'

'우리가요?'

어안이 벙벙한 와중에도 둘은 애써 태연한 표정을 유지했다.

그렇게 중년 사내가 둘을 마구간 쪽으로 안내했다.

십여 필의 말들이 묶여 있었는데, 개중 갈색 준마 두 마리가 두 사람을 보더니 투레질을 하기 시작한다.

히힝!

히히힝!

흐뭇하게 웃으며 사내가 말들을 달랬다.

"이 녀석들도 주인을 다시 보고 반가워하는군요."

카르나크와 바로스는 떨떠름한 표정을 지었다.

정말 반가워하는 모습이었다. 구면임이 틀림없었다.

'우린 초면인데 말이지.'

'너무 반가워하니까 부담스러울 지경인데요.'

말고삐를 건네며 사내가 친절한 목소리를 이어 갔다.

"시키신 대로 질 좋은 여물에 콩을 섞어 먹였습니다. 두 놈 다 힘이 남아돌 겁니다."

시종일관 친절한, 일견 비굴하기까지 한 태도.

딱 봐도 뭔가 기대하는 눈치라 바로스가 눈짓을 했다.

'이거, 그거죠?'

카르나크도 알아챘다.

'그거네.'

'해도 될까요?'

'해 봐, 반응을 볼 수 있을 테니.'

허락이 떨어지자 바로스가 짐짓 거만한 태도로 은화 하나를 꺼내 건넸다.

"수고 많았소. 이건 약소하나 우리 도련님의 사례라오."

은화를 보고도 놀라기는커녕 기다렸다는 듯 받아 들며 고개를 푹 숙인다.

"번번이 감사합니다! 그럼 맡겨 놓으신 마구들도 바로 챙겨 오겠습니다요!"

역참 건물로 뛰어가는 중년 사내의 뒷모습을 보며 카르나크가 중얼거렸다.

"번번이?"

"예전에도 이 정도는 썼다는 소리네요?"

"그것도 은화를 말이지."

"우리가요?"

어이가 없어 말도 안 나올 지경이었다.

이건 돈만 많고 세상 물정은 모르는 졸부 귀족 도련님의 행태가 아닌가?

"이게 어떻게 된 일입니까?"

이쯤 되니 아무리 바로스라도 슬슬 걱정이 되기 시작했다.

"마냥 좋아할 일이 아닌 것 같은데요."

"어휴, 내가 누누이 말했는데 이제야 이해한 거냐?"

카르나크는 고민에 빠졌다.

정말 과거로 돌아온 것인가?

그건 맞는 것 같다. 대체로 기억과 일치하는 세상이다.

그런데 맞지 않는 부분도 상당한 것이다.

'어서 집에 돌아가야겠어. 일단은 그게 최우선이다.'

한편, 바로스도 고민 중이었다.

"얘들을 어떻게 불러야 하지? 야, 너희 대체 이름이 뭐냐?"

히힝!

히히히힝!

"……말한테 말을 건 내가 바보지."

카르나크의 본가인 제스트라드 남작가는 유스틸 왕국의 하급 귀족가 중 하나였다.

대략 100여 년 정도의 역사를 지닌, 유서 깊다고 할 정도는 아니지만 신흥 귀족가라 할 정도도 아닌 무난한 지방 귀족이다.

과거를 떠올리며 카르나크가 그리운 듯 말했다.

"참 별 볼 일 없는 가문이었지."

딱히 척박하지도 비옥하지도 않은, 그럭저럭 먹고살 만한 소출은 나오는 곳이었다.

풍년일 땐 잔치 벌이고 흉년 들면 밥상 빈약해지는, 사치

는 꿈도 못 꾸지만 귀족다운 품위는 지킬 정도의 수준.
정말이지 흔해 빠진 지방 귀족 가문이었다.
카르나크의 할아버지였던 그렐리드 남작은 항상 이 점이 불만스러웠다.
'언제까지 이 시골구석에 처박혀 있어야 하는가? 사내라면 응당 큰 뜻을 품어야 하지 않겠는가?'
큰 뜻을 품겠답시고 영지를 담보로 이런저런 사업을 시도했다.
결과는 대실패.
사업은 연달아 망하고, 몇 안 되는 영지의 비옥한 땅도 잃고, 화병으로 죽어 버렸다.
큰 뜻으로 시작해 큰 빚만 남은 것이다.
뒤이어 가주가 된 카르나크의 아버지, 크라푸트 남작은 척박한 영지와 다 허물어져 가는 저택을 움켜쥐고 어떻게든 가문을 다시 일으키려 노력했다.
물론 쉽진 않았다.
그냥도 일어나기 힘든 처지인데 빚까지 잔뜩 있었으니까.
그래도 첫째 아들이 제법 영특하여 후계자로 잘 크고 있고, 둘째 아들도 무술에 재능을 보여 훌륭한 기사가 되었기에 나름대로 가문은 굴러갔지만…….
"솔직히 말하면 영특이니 훌륭이니 하는 건 아버지만의 평가였지, 뭘."

세간의 기준으론 두 아들들 역시 평범한 수준이었다. 아무나 데려다가 똑같은 교육을 시켜도 저쯤은 할 법한 정도?

여전히 몰락한 시골 영지였지만 그 와중에 할 짓은 다 하던 크라푸트 남작이었다.

그 와중에도 '귀족'답게 즐길 건 즐기겠다며 따로 애인까지 만든 것이다.

애인이 덜컥 애를 가지자 책임지겠다며 가문으로 들인 걸 보면 어느 정도 책임감도 있었던 모양이다.

문제는 가문으로 들인 뒤 방치했다는 점.

애인이었던 카르나크의 어머니는 남작 부인에게 내내 시달리다 병에 걸려 죽었고, 사생아였던 그는 온갖 눈칫밥을 먹으며 비굴하게 자라야만 했다.

"아, 생각하니 또 화나네……."

고개를 저으며 카르나크는 애써 상념을 떨쳤다. 그리고 품에서 은화 한 닢을 꺼내 들었다.

"어쨌거나 그게 현재 우리 가문의 처지일 텐데……."

손가락 사이로 은화를 굴린다.

"그럼 대체 이 돈은 어디서 난 거냔 말이지?"

말을 타고 이동한 덕분에, 걸어서 사흘 걸릴 거리인 다르

하 마을에서 제스트라드 가문까지의 여정은 이틀로 단축되었다.

"기대했던 것만큼은 시간 절약을 못 했는데요?"

투덜대며 바로스가 타고 있던 갈색 말을 흘겨보았다.

"잘 먹였다며? 그런데 이놈들 왜 이렇게 금방 지치지?"

어이없어하며 카르나크가 흰소리를 던졌다.

"이 정도면 살아 있는 말치고는 튼튼한 거거든!"

"제가 언제 그런 걸 타 봤어야 말이죠."

참고로 왕년 바로스가 타고 다니던 건 좀비 말, 해골 말, 유령 말 등이었다.

"지치지 않지, 먹이 들고 다닐 필요도 없지, 똥도 안 싸지. 장점밖에 없잖아요."

단지 저런 사령마를 타고 다니면 사기(邪氣)에 물들어 본인도 시름시름 죽어 간다는 사소한(?) 문제가 있긴 한데…….

"어차피 죽은 몸이었으니 상관없죠."

열심히 말 타고 달린 덕에 슬슬 목적지가 가까워졌다. 주변 풍경을 살피던 바로스가 언덕 너머를 내려다보며 중얼거렸다.

"슬슬 영지가 보입니다, 도련님."

"거참, 사람 심리란 게 웃기는구나."

푸른 보리로 뒤덮인 들판을 바라보며 카르나크는 쓴웃음을 지었다.

"좋은 기억이라곤 하나도 없는 곳인데, 그래도 고향이라고 다시 보니 그리운 기분이야."

"전 여전히 짜증만 나는뎁쇼."

바로스가 인상을 팍 썼다.

"저도 미움받긴 마찬가지였으니까요."

그는 영지의 고아 출신이었다.

제스트라드 영지는 워낙 척박한 북쪽에 있다 보니 마물의 침입이 잦은 곳이었다. 그러니 고아의 존재도 그리 드문 것만은 아니었고, 딱히 배척받거나 하지도 않았다.

하지만 바로스는 상황이 좀 달랐다.

부모가 주변 사람들에게 사기 쳐서 돈 뜯어낸 뒤 야반도주해 버린 것이다. 그 와중에 애는 또 버리고 갔고.

인간 말종을 부모로 둔 게 왜 아이의 잘못이겠냐마는 원래 사람은 말종의 핏줄은 말종일 거란 편견을 가지게 마련이다.

아무도 그를 거두려 하지 않았다. 그렇다고 고아원 같은 복지시설을 둘 만큼 넉넉한 영지도 아니었다.

그때 구원의 손길을 내민 것이 바로 카르나크.

소심하던 평소와 달리, 어린 카르나크는 바로스를 자신의 시종으로 삼겠다며 고집을 피웠다.

아무리 구박받는 사생아라도 귀족은 귀족, 체면 때문에라도 시종 정도는 붙여 줄 필요가 있었다. 마침 바로스의 처분도 곤란했던 터라 쓰레기 치우는 셈치고 크라푸트 남작도 허

락해 주었다.

"그래도 너 챙겨 주는 건 나밖에 없었지?"

"도련님 챙겨 주는 것도 저밖에 없었거든요? 뭘 이제 와서 생색을 내시나."

두 사람이 수다를 떠는 와중에도 말들은 열심히 제 갈 길을 간다.

들판 사이로 들어서고 농민들의 모습도 확연히 보이기 시작했다.

"다들 바빠 보이네."

"잡초 뽑을 시기일 테니까요."

"후딱 지나가는 게 좋겠지?"

"그렇겠죠."

영지인들 사이에서 카르나크와 바로스의 인식은 그저 망나니 막내 도련님과 망나니짓 부추기는 개망나니 시종이다.

만나 봐야 좋은 반응 나올 리 없으니 후다닥 지나가려던 차였는데…….

"앗! 카르나크 님!"

"돌아오셨군요!"

둘을 발견한 영민들이 반색을 하며 멀리서 인사를 건네는 것이 아닌가?

몇몇은 눈시울까지 붉힌다.

"정말 수고가 많으셨습니다요!"

"아이고, 얼마나 고생하셨을지……."

기억과 너무도 다른 모습이었다.

카르나크는 헛웃음을 흘렸다.

'대체 내가 뭘 했다고 고생 타령이야?'

하지만 다들 너무 당연하다는 듯이 인사를 건네는데 거기 대고 '왜 날 반가워해요?'라고 되물을 수도 없다.

대충 손 인사를 건네며 둘은 빠르게 말을 달려 그 자리를 벗어났다.

뒤를 힐끔거리며 바로스가 눈살을 찌푸렸다.

"악몽이라도 꾸는 기분인데요."

"나도다. 어서 집으로 가 봐야겠어."

커다란 돌담 앞에 서서 바로스가 중얼거렸다.

"도련님, 이게 대체 뭡니까?"

오만상을 찌푸리며 카르나크가 대꾸했다.

"나한테 묻지 마라. 난 이제 아무것도 모르겠다."

눈앞에 근사한 저택의 전경이 펼쳐져 있었다.

질 좋은 벽돌을 높게 쌓아 올려 좌우로 이어진 담장, 그 너머로 아스라이 비치는 우아한 정원, 그 사이에 우뚝 선 눈부신 2층 저택과 태양 아래 반짝이는 테라스며 각종 조각상까지.

"이거, 분명히 제스트라드 저택 맞죠?"

"응."

카르나크는 고개를 끄덕였다.

분명히 기억 속의 집이고 건물이었다.

어디까지나 기본 골조만큼은.

"담벼락 사이즈도 그대로고, 정원 크기도 그대로고, 건물도 여전한데……."

"저택이 왜 이렇게 깔끔해요?"

"그러게. 완전히 새롭게 단장했잖아?"

기존의 제스트라드 남작가는 100년이 넘은 고풍스러운 저택.

말만 고풍이지, 솔직히 말하면 그냥 낡을 대로 낡아 을씨년스러운 곳이었다.

빈약한 지갑 사정 탓에 제대로 된 유지 보수조차 못 한 지 거의 수십 년이 넘은 것이다.

그런데 지금은 저택 구석구석 말끔하게 단장이 되어 있다.

고풍스럽고도 우아하며 품위 있는, 그야말로 세인들이 상상하는 귀족가 저택의 모범에 가까운 모습이었다.

"여기 어디예요? 우리 대체 어딜 온 겁니까?"

바로스의 질문을 카르나크도 절실히 이해할 수 있었다.

단순히 저택만을 의미하는 것이 아니다.

이 세상 자체에 대한 의문인 것이다.

"그, 글쎄다. 일단 들어가고 보자."

"나 원 참, 이런 귀한 곳에 우리 같은 누추한 분들이 들어가도 되나?"

눈치를 보며 둘은 정문으로 발걸음을 옮겼다.

문지기 중 1명이 그들을 발견하더니 반색을 하며 맞이했다.

"앗! 카르나크 님!"

대략 40대 중반의 사내로, 기억 속에 있는 인물이었다.

천연덕스럽게 카르나크가 고개를 끄덕였다.

"돌아왔어요, 카타일."

카타일이 다른 문지기를 재촉했다.

"어서 집사님께 알리게! 도련님께서 돌아오셨다고!"

"예!"

그 모습을 지켜보며 카르나크는 한숨을 내쉬었다.

기억 속의 저택에서, 기억 속의 인물이 달려와 그를 맞이한다. 일단 전체적인 상황은 분명 기억 그대로다.

그런데 때깔이 전혀 달랐다.

저택도 번쩍번쩍하고 하인들의 옷도 깨끗하다. 빨래도 은근 돈이 많이 드는 작업이라 저렇게 깔끔한 옷을 입힌 기억이 없다.

거기에 이리도 환대하는 모습이라니?

저들이 자신을 이렇게 호의적으로 대한 기억은 절대 없다고 단언할 수 있었다. 경멸과 냉대의 시선이란 건 아무리 잊으려 해도 잊을 수 있는 것이 아니다.

'돌아 버릴 것 같군, 정말.'

바로스가 슬쩍 귓속말을 건넸다.

'도련님.'

'왜?'

'이젠 뭐가 나와도 더 놀라진 않을 것 같아요.'

'나도 그래.'

이들의 예상이 깨지는 데는 그리 오랜 시간이 걸리지 않았다.

곧이어 저택에서 단정한 인상의 노인이 달려 나온 것이다.

'타펠 할아버지?'

'맞다, 저 양반 아직 살아 있을 때구나, 지금.'

타펠 플라이드, 무려 카르나크의 선대부터 일해 온 노집사였다.

"집사님, 도련님이 돌아오셨습니다요!"

문지기의 외침에 집사 타펠은 익숙하기 그지없는 매서운 어조로 그를 꾸짖었다.

"주의하도록 하게, 카타일 군. 언제까지 도련님이라 부를 셈인가?"

그리고, 기억에 전혀 없는 온화한 얼굴로 카르나크에게 정중히 고개를 숙인다.

"어서 오십시오, 영주님."

둘은 그저 서로를 바라보며 눈만 껌뻑거릴 뿐이었다.

'도련님이 영주라고요?'

'내가?'

우아한 그림과 장식이 놓여 있는 화려한 응접실.

테이블 위에 놓인 찻잔에서 모락모락 김이 피어오른다.

찻잔을 바라보며 카르나크는 멍한 표정을 지었다.

'차라니…….'

이 시대의 그는 이런 고급 기호품 따위 입에 대 본 적도 없는 것이다.

눈치 보니 옆에 서 있는 바로스도 당황한 티를 애써 숨기려 하고 있었다.

노집사 타펠이 카르나크를 바라보며 은근한 목소리를 건넸다.

"카르나크 님이 가주의 자리에 오르신 지도 벌써 반년이 넘었군요……."

눈치 보니까 대충 20살, 성년식을 치르자마자 바로 남작가를 물려받은 듯했다.

"목적하신 바는 이루셨습니까?"
"목적?"
무심코 카르나크가 반문했다.
잠깐 의아해하더니 노집사가 다시 물었다.
"그 때문에 일부러 여행까지 가셨잖습니까?"
아차 싶어 카르나크는 말을 얼버무렸다.
"아, 그럭저럭……."
다행히 노집사는 딱히 이상하게 여기지 않았다.
"다행입니다, 돌아가신 전 영주님께서도 기뻐하실 겁니다."
'엥? 아버지가 죽었다고?'
당황한 카르나크의 귀에 노인의 목소리가 이어진다.
"이자벨라 님께서 살아 계셨다면 얼마나 뿌듯해하셨을지……."
이자벨라라면 크라푸트 남작의 정실, 즉 카르나크의 계모되겠다.
'맙소사, 그 여자도 죽었고?'
"테실 님마저 돌아가셨을 땐 어찌해야 하나 앞이 캄캄했는데, 이제야 마음이 놓입니다."
'심지어 큰형도 죽었어?'
이쯤 되니 궁금해지지 않을 수 없다.
'그럼 파랄트 형은? 그 썩을 인간은 어떻게 된 건데?'

일단 무사하지 않다는 건 알겠다.

둘째 형이 건재했다면 카르나크에게까지 영주의 자리가 내려왔을 리 없다.

그런데 대체 무슨 일이 있었기에?

'답답해 죽겠는데 물어볼 수가 없군.'

목적이란 게 무슨 소린지도 모르겠다.

'이 시기의 내가 여행을 한 목적이라면 뻔한데?'

우연히 손에 넣은 힘, 사령술을 남몰래 터득하기 위해서.

다른 목적이 있었다는 건 말이 안 된다. 분명 지금의 그는 사령술을 익히고 있다.

'그렇다고 저 이유를 솔직히 밝혔을 리도 없고.'

저 사실이 밝혀지면 따스한 미소 대신 따스한 화형대가 그를 기다리고 있었겠지.

'대체 무슨 목적이라고 알고 있는 거야, 타펠 영감님은?'

의문은 또 있었다.

원래 카르나크가 사령술을 익혔던 이유는 힘을 얻어 집안과 가족에게 복수하기 위해서였다.

그런데 현 상황을 보니 복수고 뭐고 다 끝난 눈치가 아닌가?

영주가 됐고, 주변의 인정도 받고 있고, 사람들 모두 그에게 호의를 가지고 있는 것 같다.

'이렇게 속 편하게 사는데 왜 사령술을 익힌 거야, 나란 놈

은?'

모르겠다.

짐작도 안 간다.

'내 힘이 건재하다면 정신 제압 걸고 정보를 캐내겠지만 지금은 그럴 처지도 아니고…….'

이대로는 안 되겠다 싶어 카르나크가 슬쩍 바로스에게 눈짓을 했다.

'어떻게 좀 해 봐!'

눈빛만으로 의사를 전달한다는 건 말도 안 되는 소리지만, 그 짓거리를 100년도 넘게 해 왔다면 이야기가 다르다.

바로 눈치채고 바로스가 슬쩍 대화에 끼어들었다.

"타펠 집사님."

"왜 그러나, 바로스 군?"

"카르나크 님은 오랜 여행으로 피곤하십니다. 내일 마저 말씀을 나누심이 어떨까요?"

"아차, 내가 실수했구먼."

노집사가 혀를 차며 몸을 일으켰다.

"죄송합니다, 영주님. 제 불찰입니다. 일단 쉬시지요."

"그러지."

살얼음판을 걷는 기분이던 카르나크도 내심 안도의 한숨을 내쉬며 자리에서 일어났다. 그리고 바로스를 재촉했다.

'어서 이 자리부터 피하자, 빨리.'

'전적으로 동감입니다요, 도련님.'

밤이 깊었다.

하지만 침상에 몸을 누인 카르나크는 잠을 이루지 못하고 있었다.

"하아……."

화려한 벽지가 발린 침실 천장을 바라보며 한숨을 내쉰다.

"저건 또 얼마짜리야? 저런 게 왜 내 방 천장에 있는 거고?"

벽지뿐만이 아니다. 가구와 침상, 무려 양초조차도 고급품이다.

너무 호사스러워 적응이 되지 않는다는 소린 아니었다. 사령왕일 땐 이보다 훨씬 사치스러운 물건에 둘러싸여 있었다.

하지만 기억 속의 침실과는 지나치게 차이가 크다.

"원래 내 계획은 이런 게 아니었는데……."

사령왕의 권능에는 더 이상 미련이 없다. 그렇다고 무능한 상태로 살아갈 생각도 없다.

이론상이긴 하지만 사령술의 부작용을 지우며 힘을 키울 방도를 마련해 놓았다.

잘 풀리지 않을 경우를 대비해 다른 계획도 세웠다.

예전의 치기 어린 나이가 아니니 부모 형제들과는 적당히 비위 맞춰 주며 사이좋게 지낸다. 아무리 그를 미워하던 가족이라도 돈 잔뜩 안겨 주면 분명히 태도가 달라질 것이다.

그 돈은 어떻게 버냐고?

이 역시 준비해 놓았다.

언제 어디서 어느 나라에 전쟁이 나는지, 언제 가뭄과 흉년이 드는지, 어디서 보물이 발견되는지 등등, 온갖 사료들을 싹싹 긁어모은 것이다.

그 미래의 정보를 이용해 어떻게 투자하고 어떻게 재산을 불려야 할지도 계획해 뒀다.

목표는 튀지 않으면서 무시당하지도 않을 만큼, 적당히 배부르고 등 따시게 살 수 있는 삶.

"딱 이 정도 집에서, 딱 이 정도 지위를 지닌 삶 말이지."

자신의 것이 된 가문, 자신의 것이 된 저택을 살펴보며 카르나크는 허탈해했다.

"그런데 이미 그렇게 살고 있네?"

그저 과거로 돌아왔을 뿐 아무것도 한 게 없는데 삶의 목표가 달성되어 버렸다?

이런 상황에서 속 편하게 '와, 인생 거저먹었다!'며 좋아할 정도로 그는 멍청한 인간이 아니었다.

"역시 상황부터 파악해야 하는데……."

침대 위를 뒹굴며 카르나크가 투덜거렸다.

"바로스 이놈은 왜 이리 안 와? 설마 자나?"

한참이 더 지난 후에야 기다리던 노크 소리가 들렸다.

"도련님, 도련님."

반색을 하며 카르나크는 소리를 낮춰 시종을 불렀다.

"들어와."

방문이 조용히 열리고, 주위를 두리번거리며 바로스가 슬그머니 방 안으로 들어섰다.

침대에서 일어나며 카르나크가 물었다.

"다들 자냐?"

"네."

"이제야 좀 움직일 수 있겠군."

"집사 영감님한테 정신 탐색 걸 거죠?"

"그래야지. 하지만 지금 내 능력으론 바로 정신 탐색을 걸기가 힘들어."

촉매가 필요하다. 또한 대상의 정신력을 깎아 낼 수 있는 약물도 있어야 한다.

확실히 재워 놓고 수면 중 탐색을 걸어야 뜻하는 바를 이룰 수 있다.

"그러니 먼저 준비할 게 있다. 델라스 꽃잎, 제스초, 팔렐 진액, 라파트 풀. 전부 정원에서 자생하는 잡초들이니 쉽게 구할 수 있……."

말이 채 끝나기도 전에 바로스가 주머니를 내밀었다.

"여기요."

주머니 안에는 이미 요구한 잡초들이 들어 있었다.

"엥? 알아서 준비했냐?"
"제가 도련님이랑 같이 다닌 게 100년이 넘어요. 이 정도 눈치쯤 없겠습니까?"
바로스는 어깨를 으쓱였다.
"이거 모아 오느라 늦은 겁니다. 정원 관리를 너무 잘해 놔서 찾기 힘들더라고요."
"그렇군. 예전엔 정원을 그냥 놔뒀으니 잡초가 무성했지?"
하지만 지금은 죄다 뽑아 버렸을 테니 오히려 구하기 힘들었으리라.
"이제 와서 찾으러 돌아다녔으면 오늘 밤은 그냥 날렸겠네. 잘했어."
방을 나서며 카르나크가 손짓을 했다.
"움직이자."
"하인들한테 들키면 어쩌죠?"
"잠 안 와서 산책한다고 하면 되지. 분위기 보니까 내 멋대로 군다고 뭐라 할 사람도 없는 것 같더라."
"하긴, 이젠 영주님이시죠?"
"그래."
어이가 없다는 듯 카르나크는 헛웃음을 흘렸다.
"내가 영주라고? 사생아에 천덕꾸러기였던 내가?"

델라스 꽃잎, 제스초, 팔렐 진액, 라파트 풀을 사발에 넣고 으깨 섞는다. 그리고 사령술을 이용해 불을 붙인다.

화르륵!

불길은 잠시 타오르다 바로 꺼졌다.

남은 것은 길게 피어오르는 검은 연기뿐.

연기는 마치 생물체처럼 움직여 허공을 흘러갔다. 카르나크가 마력을 이용해 조종하는 것이었다.

검은 연기가 침대 위에 누운 노인의 콧구멍으로 스르륵 스며들어 간다. 잠시 몸을 부르르 떨더니, 노집사가 눈을 까뒤집으며 흰자위를 드러낸다.

"좋아, 완벽하게 잠재웠다."

집사의 상태를 확인한 뒤 카르나크가 명령을 내렸다.

"일어나라, 나의 종이여."

목소리에 담긴 언령이 힘을 발해, 곧바로 노인이 침대에서 상체를 일으켰다.

"예, 주인님."

이제 노집사는 무엇을 묻든 솔직하게 답하는 상태가 되었다.

'그런데 뭐부터 물어봐야 하나?'

카르나크는 잠시 머뭇거렸다.

'너무 질문할 게 많아서 오히려 정리가 안 되네.'

일단 제일 궁금한 것부터 확인해야겠다.

"아버지는 어떻게 돌아가셨지?"

대답은 바로 나왔다.

"3년 전, 간악한 란돌프 경의 칼날에 죽임을 당하셨습니다."

카르나크와 바로스가 서로를 돌아보았다.

"란돌프? 그게 누구야?"

"혹시 데벤토르의 기사 아니에요? 왜 그, 옆 영지의……."

앞뒤 상황 다 잘라먹고 결론만 들으니 통 이해가 안 간다.

"그럼 이자벨라 남작 부인은?"

"남작님과 첫째 도련님을 잃은 슬픔으로 앓아누우셨습니다. 그러다 결국 일어나지 못하시고……."

"아, 죽은 순서가 그렇게 되나?"

카르나크는 질문을 이었다.

"그럼 테실 형은 어떻게 된 거지?"

"첫째 도련님은……."

연거푸 질문을 던지고 던졌다.

그때마다 노집사 타펠은 넋이 나간 채 착실히 대답했다.

덕분에 어느 정도 상황을 파악할 수 있었다.

"일단, 내가 16살이 될 때까진 별다른 게 없군."

영지가 망하기 직전인 것도, 사생아인 카르나크를 가족들이 멸시한 일도, 망나니였던 그가 사람들에게 백안시되었던 것도 과거 그대로.

변화가 생긴 건 유스틸 왕국력 683년, 지금으로부터 4년 전이었다.

평소 산을 오르내리며 무술 수행을 하던 둘째 형 파랄트가 우연히 북쪽의 한 동굴에서 대규모 구리 광맥을 발견한 것이다.

"구리 광맥이라고?"

카르나크는 눈살을 찌푸렸다.

"우리 영지에 구리 광산이 있었다는 소리 따윈 들은 기억이 없는데."

바로스가 어깨를 으쓱였다.

"예전엔 미처 몰랐을 수도 있죠. 우연히 발견되었다잖아요."

"그래도 그렇지, 너무 작위적인 이야기잖아."

영지에서 광산이 발견되는 것은 모든 지방 귀족들이 꿈꾸는 흔한 망상 중 하나다.

물론 현실이 되는 경우는 거의 없다.

광맥이란 게 그리 흔했다면 애초에 대박이 되지도 않았겠

지.

그래서 어느 귀족 가문이 광산을 발견했다고 발표하면 보통은 이렇게 생각하기 마련이다.

저놈들, 뭔가 떳떳지 않은 방법으로 돈을 벌고 광산 핑계를 대는구나!

"그런데 이번엔 진짜란 말이지?"

이 놀라운 행운에, 제스트라드 가문은 서둘러 광산을 개발했다.

굉장히 질이 좋은 구리 광맥이어서 1년 만에 어느 정도 성과를 낼 수 있었다고 한다.

물론 자체적으로 개발한 건 아니다.

광산 개발은 고도의 채굴 기술과 토목 기술이 필요한 사업이다. 땅 판다고 구리 주괴가 툭 튀어나오는 것이 아니니, 광물에서 구리를 분리해 정제하는 기술도 필요하다.

농사만 짓던 제스트라드 남작가가 고작 1년 만에 자체적으로 구리 광산을 개발할 수 있을 리가 없지 않은가?

그래서 기술과 인력을 지닌 유스틸 왕국 최대의 상단, 테카스 상회에 광산 사업을 맡기고 이득을 나누는 식으로 관리하고 있었다.

문제는 이다음이었다.

항상 제스트라드 가문을 견제하던 옆 영지, 데벤토르 자작가가 시비를 걸어온 것이다.

내용은 대충 요약하면 이렇다.

『원래 그 구리 광맥은 데벤토르 자작가가 발견한 곳이다.
또한 구리 광산이 위치한 장소 역시 양 가문이 인접한 중립 지역.
하나 관대한 데벤토르 자작께서는 양 가문이 공동으로 광산을 개발해 소유하자는 제안을 하셨으니, 제스트라드 남작가 역시 이를 받아들였다.
그런데 광맥의 규모를 파악한 남작가가 비열하게 계약을 파기하고 말을 바꿨다.
마치 처음부터 자신들이 발견한 것처럼 진실을 호도하고 있으니 어찌 이를 용서할 수 있겠는가?
피를 흘려서라도 우리의 권리를 되찾겠다!』

바로스가 어이없어하며 말했다.
"와, 뻔뻔하네요. 하긴 원래 뻔뻔한 놈들이었지?"
"그런데 말이다……."
카르나크가 고개를 저었다.
"아주 근거가 없는 이야기인 것만은 아니기도 해."
구리 광산은 영지 북쪽, 제덴 산맥의 지류에 위치해 있었다. 위치만 보면 분명 제스트라드 영지에 속한다.
하지만 원래 영지라는 건, 산악을 끼고 있을 경우 칼로 딱

자른 듯 네 땅 내 땅 갈라지지 않는 것이다.

사람의 손이 닿은 농경지야 확실하게 소유권이 확보되어 있겠지만 숲이나 산은?

서로 적당히 자기 지도에 애매하게 기입만 하고 넘어가는 경우가 보통이다.

별 쓸모없는 땅이니만큼 굳이 돈 들여서 측량을 하는 경우는 거의 없다.

"분명 우리 영지 근처인 건 맞는데, 동시에 우리 손이 타지 않은 곳인 것도 사실이지."

데벤토르 가문이 구리 광산을 먼저 발견했다면, 소유권 주장까진 힘들어도 공동관리 자격은 충분히 주장할 수 있을 위치였다.

"정말로 저쪽이 광산을 먼저 발견했다면 말이지만."

"진짜일 가능성이 있나요, 도련님?"

"아주 없다곤 못 하겠는데……."

과거의 기억을 떠올리며 카르나크는 머리를 긁었다.

"솔직히 가능성이 높진 않을걸."

"왜요?"

"데벤토르가 우리보다 훨씬 세니까."

망해 가던 제스트라드 남작가와 달리 데벤토르 자작가는 선대부터 착실하게 전력을 쌓아 왔다.

무력도 재력도 남작가를 훨씬 상회한다.

"처음부터 공동으로 개발하기로 했다면, 제정신 박힌 사람인 이상 이런 위험한 다리를 건너진 않겠지?"

덕분에 양 가문의 사이는 극도로 나빠졌다.

말로 안되면 주먹이 오가고, 주먹으로 안되면 칼이 오가는 게 인지상정인 법.

필연적으로 양 가문은 영지전에 돌입했다.

수차례의 피 튀기는 전투가 있었고, 대부분 제스트라드 가문의 패배였다.

역시 선대부터 착실히 힘을 키운 데벤토르 가문의 저력은 보통이 아니었다.

1년 뒤, 결국 가주인 크라푸트 남작이 데벤토르의 최강 기사 란돌프 경에 의해 목숨을 잃는 참사마저 벌어졌다.

병사들을 후퇴시키는 와중에 후계자인 테실 공자마저 란돌프가 쏜 화살에 맞아 명을 달리했으니, 제스트라드 남작가는 한 번에 가주와 후계자를 모두 잃는 상황을 맞이하게 되었다.

사랑하는 남편과 아들을 잃은 이자벨라 남작 부인은 몸져 누웠고, 둘째인 파랄트 공자가 가주가 되었다.

파랄트가 애써 남은 병력을 수습해 자작가에 대항했지만 이미 기울어진 판세를 돌이킬 순 없었다.

다음 해, 결국 그마저 데벤토르 자작가의 희생양이 되었다. 재차 격돌한 전투에서 란돌프에 의해 두 다리를 잃은 것

이다.

평소의 단련 덕에 간신히 목숨은 건졌지만 불구가 되었으니 더 이상 기사로 활동할 수 없었다.

불구가 된 충격으로 술과 마약에 찌들어 살다 보니 건강도 심하게 축났다.

결국 파랄트마저 화병으로 사망, 시름시름 앓던 이자벨라 남작 부인이 숨을 거둔 것도 그때쯤이었다.

"와, 이 란돌프란 놈 하나에 우리 가문이 아주 씨 몰살을 당했구만? 이 정도의 강자가 우리 옆 영지에 있었나?"

"란돌프가 강자라서가 아니라 그냥 우리 가문이 너무 약했던 것 같은데요."

"그래서 대체 이 란돌프가 누구냐고?"

"저도 이름만 간신히 기억나는 정도라……."

"하긴, 이런 시골에서 이름 날려 봤자지."

4대 무왕, 3인의 대마법사, 전설의 용황제 등과 싸워 왔던 카르나크와 바로스가 이런 시골 촌 동네 기사를 기억할 리가 있나?

대충 넘어가며 카르나크는 계속 노집사를 심문했다.

"그래서, 그다음은?"

이제 남작가의 남은 핏줄은 사생아인 카르나크뿐.

그에게 후계자의 자리가 넘어갔다.

성인인 20살이 되는 해에 정식으로 가주 위에 오른다는 결

정도 내려졌다.

그러자 데벤토르 가문은 잠시 전쟁을 멈추고 카르나크가 영주가 될 때까지 기다리겠다고 선포했다.

실로 귀족다운 품위 있는 대응이었다.

"물론 명분만 저렇고, 사실은 거래 대상자가 생길 때까지 기다린 거겠지만."

데벤토르 가문의 목적은 제스트라드 남작가를 멸문시키고 영지를 통째로 삼키는 것이 아니다. 그냥 구리 광산을 차지하고 전쟁 보상금만 받아 내면 된다.

"그러려면 계약서에 정식으로 사인할 놈은 필요할 테니까 말이지."

당시만 해도 망나니였던 카르나크가 영주가 되는 것에 대해 반발도 많았다.

하지만 2년의 시간이 흐르고 그가 가주가 되었을 즈음엔 모두가 그를 인정하고 존경을 보냈다고 한다.

"날 존경했다고? 왜?"

카르나크의 질문에 갑자기 노집사가 눈시울을 붉혔다.

"목숨을 걸고 영지를 지키시려는 영주님을 그 누가 존경치 않을 수 있겠습니까?"

'얼씨구? 정신 제압을 당한 와중에도 눈물을 글썽여? 얼마나 진심인 거야?'

황당해하며 다음 질문으로 넘어가려던 차였다.

"잠깐, 목숨?"
카르나크의 안색이 딱딱하게 굳었다.
"그게 뭔 소리야? 내가 왜 목숨을 걸어?"

# 훌륭하신 영주님? 누가?

다음 날 아침.

카르나크는 집무실 소파에 누워 오늘 아침을 떠올리고 있었다.

"아, 맛있었다."

말랑말랑한 오믈렛에 달콤한 잼을 바른 향기로운 흰 빵, 짭짤한 소시지와 잘 구운 당근까지.

역시 부자가 되니 좋긴 좋았다.

아침부터 저런 고급스러운 음식들을 먹을 수 있다니?

"원래는 회귀해도 한동안 투박한 식사로 때울 줄 알았는데."

집무실 소파에 누운 채 그렇게 데굴거리고 있을 때였다.

노크 소리가 들렸다.

"바로스입니다, 도련님."

"들어와."

이내 건장한 금발 청년이 집무실로 들어섰다. 카르나크가 누운 채 한 소리 했다.

"계속 도련님이라고 불러도 되냐? 나 이제 영주잖아. 수상해 보이지 않을라나?"

"괜찮을걸요. 제가 원래 이런 실수를 자주 한 모양이더라고요."

듣자 하니, 노집사에게 그렇게 혼이 나고도 습관을 못 버려서 반쯤 포기했다는 듯했다.

"오히려 이쪽이 더 자연스러워 보일 겁니다."

"그럼 됐고. 밥은 먹었냐?"

"먹었죠. 잘 나오던데요."

"하인들한테도 좋은 밥을 줘?"

"네, 진짜 부자 된 모양입니다."

바로스는 집무실 책상에 놓인 서류들을 바라보았다. 그리고 의아해하며 물었다.

"그런데 도련님, 그렇게 놀고만 있어도 돼요? 가주 됐으니 할 일도 많아졌다면서요?"

"아, 저거?"

영지 경영에 대한 보고서를 힐끔거리며 카르나크가 어깨를 으쓱였다.

"진작 다 했지."

"벌써요?"

"이제 와서 내가 저 정도 가지고 끙끙대겠냐?"

갓 가주가 된 20살의 카르나크에겐 오전 내내 달라붙어야 할 업무량이겠지만, 세상을 전부 정복했던 사령왕에겐 소일거리도 못 되는 것이다.

"식후 디저트 먹는 동안 끝냈다."

"헉! 디저트! 좋겠다! 난 그런 거 없었는데!"

엉뚱한 포인트에 관심을 보내는 시종을 보며 카르나크는 쓴웃음을 지었다.

"지금 디저트가 중요하냐?"

"중요하죠! 그것 때문에 부귀영화 다 버렸는데요?"

"하긴 그러네. 나중에 몰래 챙겨 줄게. 지금은 더 중요한 문제가 있잖냐."

"아, 그렇지요."

바로스가 안색을 고치며 카르나크 맞은편에 앉았다. 그리고 진지한 표정으로 물었다.

"이제 어쩌실 겁니까? 결투 재판 건요."

카르나크가 정식으로 가주가 되자 데벤토르 자작가도 다

시 움직였다.

낌새를 눈치챈 제스트라드 남작가는 긴장했다.

솔직히 남작가의 전력으로 데벤토르를 상대할 방법은 전무했다.

9명이나 있던 기사들은 5명밖에 남지 않았고 그나마도 2명은 부상으로 요양 중, 100여 명의 영지 병사들도 상태가 좋지 않았다.

목숨이라도 부지하려면 구리 광산을 넘겨주고 거액의 전쟁 보상금을 지불하는 방법뿐인 것이다.

하지만 그랬다간 기껏 얻은 부를 모두 잃는 것은 물론이고 오히려 예전보다 더 가난해지겠지.

영민들 역시 굶어 죽는 이들이 속출할 것이다.

이러지도 저러지도 못하는 상황에서 가문을 구원한 이가 바로 새로운 영주, 카르나크였다.

모두의 앞에서 그는 당당히 선언했다.

"달과 정의의 여신 알리움의 이름으로, 데벤토르 자작가에 결투 재판을 신청하겠다!"

달의 교단 교리에 따르면 알리움의 이름으로 벌어지는 결투는 여신께서 올바른 이에게 승리를 안겨 주게 된다.

이 가르침에서 나온 제도가 바로 결투 재판이었다.

알리움 신관의 입회하에 정정당당히 승부를 겨루어 시시비비를 가리는 것이다.

얼핏 힘센 놈이 모든 걸 차지하는 무식한 방법처럼 보이나, 꼭 그렇지만은 않았다.

일단 양쪽 모두가 동의하지 않으면 결투는 성립되지 않는다. 또한 노골적으로 힘 차이가 있는 경우에는 페널티 적용도 인정되며 대전사를 통해 대신 결투에 임하는 것도 가능하다.

"물론 어디까지나 말이 그렇다는 거지, 실제로는 그냥 힘센 놈이 다 차지하라는 건데……."

바로스가 고개를 절레절레 저었다.

"미친 거 아니에요? 도대체 뭘 믿고 그런 짓을 저질렀대요?"

이는 절대 카르나크가 제안해선 안 될 일인 것이다.

힘 차이도 노골적이고 딱히 대전사로 내세울 이도 없으며 그렇다고 20살의 카르나크가 무슨 엄청난 강자도 아니다. 상대가 제안해도 극구 반대해야 할 입장이다.

"그런데 먼저 무덤을 파시다니……."

신성한 결투 재판의 판결은 오로지 한쪽의 죽음으로만 내려지는 법.

성립된 시점에서 항복 따윈 없다.

이제 와서 결투를 피하고 패배를 인정한다? 그랬다간 알리움 교단이 카르나크의 목을 칠 것이다.

카르나크가 어깨를 축 늘어뜨렸다.

"덕분에 왜 집사 영감이나 다른 영민들이 날 대하는 태도가 그토록 달라졌는지는 알아냈잖아."

사실 이는 제스트라드 가문 입장에서만 보면 딱히 나쁜 조건은 아니었다.

이대로 영지전을 계속하면 구리 광산도 빼앗기고 거액의 전쟁 보상금도 물어야 한다.

하지만 결투 재판으로 끌고 간다면?

이길 가능성은 물론 없다. 하지만 패배한다 해도 결투의 원인인 광산만 건네주면 끝인 것이다.

판결이 난 시점에서 알리움의 이름으로 모든 원한이 종결되니 거액의 보상금까지 물어줄 필요는 없게 된다. 적어도 영민들이 굶주리는 사태는 피할 수 있다.

"전 오히려 데벤토르 자작이 이 결투를 승낙한 게 이해가 안 가네요. 그냥 싸우면 보상금도 잔뜩 뜯어낼 수 있었을 텐데요?"

"평판을 신경 써야 할 테니까. 약자를 너무 핍박하는 것도 좋게 보이진 않잖아? 다른 귀족들 사이에서 구설수도 나돌 것이고."

애초에 데벤토르 가문은 그리 궁핍하지 않다.

"결투 재판을 통해 깔끔하게 구리 광산을 차지할 수 있다면 보상금 정도는 포기한다는 거지. 저쪽 입장에서도 나쁜 이야기는 아니야."

그렇게 데벤토르의 최강 기사 란돌프 경과 제스트라드의 새로운 영주, 카르나크 남작의 결투 재판이 결정된 것이다.

자신들을 위해 목숨을 건 젊은 영주님을 누가 존경하지 않을 수 있을까?

"젠장, 어쩐지 날 보는 눈망울이 다들 초롱초롱하더라니……."

이를 가는 카르나크를 향해 바로스가 질문을 던졌다.

"그러게 왜 직접 나서신 겁니까? 대전사라도 내세우시지."

"야! 내가 나섰냐? 이 빌어먹을 20살짜리 애송이 카르나크가 나섰지!"

발끈하던 카르나크는 애써 호흡을 고르며 흥분을 가라앉혔다. 그리고 은근슬쩍 물었다.

"그래서 말인데, 바로스 네가 대전사로 나서면 안 되겠냐?"

물론 바로스는 더 이상 데스 나이트가 아니다. 연약한 인간, 심지어 제대로 단련하지도 않은 육신의 소유자일 뿐이다.

"아무리 그래도 이런 시골 기사 정도는 이길 수 있겠지?"

"아, 그래서 저를 부르셨구만요?"

머리를 벅벅 긁더니 바로스가 고개를 저었다.

"당장은 무리지 싶은데요?"

"엥? 왜? 네 경력이 얼만데 그 정도도 못 해?"

그가 카르나크 옆에서 싸운 기간만도 어언 100년 가까이 된다. 아무리 연약한 인간의 육체로 돌아왔다 해도 쌓인 경험이 어마어마하다.

"무려 네크로피아의 2인자였잖아! 4대 무왕 중 셋도 네가 잡았고."

"그거 다 도련님이 내려 주신 힘 덕분에 가능했던 거였잖습니까?"

"받은 힘을 다룬 건 엄연히 너잖아?"

"그게 말이죠, 무술 제대로 안 익힌 사람들이 자주 하는 착각인데요……."

바로스는 쓴웃음을 지었다.

"몸이 바뀌어도 경험이 풍부하다면 삼류 기사쯤은 제압할 수 있다? 여기에 좀 오해가 있거든요?"

아무리 뛰어난 검술을 지니고 있어도 팔이 없으면 쓸 수 없고, 아무리 뛰어난 각법을 익혔어도 앉은뱅이가 되면 쓸 수 없다.

이런 개념의 연장 선상인 것이다.

적어도 '지닌 경험을 펼칠 수 있을 정도의 육체'는 만들어야 한다. 이게 최소한의 조건이다.

"제가 다르하 마을에서 도련님 말린 거 기억 안 나세요? 엄살 피운 게 아니라, 그때 싸움 일어났으면 정말로 저 혼자선 대책 없었습니다."

오히려 기본적인 무술이라도 수련한 어린애의 육체가 아

무 수련도 안 한 덩치만 큰 지금보다는 차라리 낫다는 것이 바로스의 설명이었다.

"물론 지금의 저라도 어린애랑 싸우면 이기겠지만 지닌 경험을 써먹는 건 다른 문제니까요."

카르나크가 인상을 썼다.

"끄응, 100년 넘게 전투 경험을 쌓은 놈이 너무 약한 모습 보이는 거 아냐?"

"100년 넘게 싸운 놈이니까 정확하게 주제 파악을 하는 거예요. 물론 단련 시작하면 남들에 비해 진도가 빠르긴 하겠죠. 시행착오를 할 일이 없을 테니."

잠깐 뭔가를 계산하더니 바로스가 말을 이었다.

"한 반년? 그쯤 마음먹고 수련하면 어지간한 기사 정도는 잡을 수 있겠네요."

검도 제대로 잡아 보지 않은 일개 시종이 고작 반년 만에 정규 기사를 능가한다?

오만하다 못해 미친놈 취급받기 딱 좋은 이야기였다.

역시 경험은 무시 못 할 자산인 것이다.

문제는…….

"결투 재판은 한 달 뒤거든? 시간이 없어."

"그럼 뭐, 대책 없죠."

"빌어먹을……."

의아해하며 바로스가 물었다.

"도련님답지 않네요. 이 시기의 저야 일개 시종이었으니 그렇다 쳐도 다른 기사들은 내세울 수 있었잖아요? 그런데 본인이 직접 목숨을 걸었다고요? 그렇게 대견한 인간 아니었잖아요?"

주인에 대한 경의 따윈 눈곱만큼도 보이지 않는 시종의 말투에도 카르나크는 전혀 신경 쓰지 않았다. 저 말투를 100년 넘게 듣고 살았으니 그럴 법도 했다.

대신 진지하게 대꾸했다.

"이야기를 들어 보니 왜 이렇게 된 건지 알겠더라."

어차피 현 제스트라드 남작가에 대전사로 나설 기사 따윈 없었다.

"가문 최강의 기사가 파랄트 형이었는데 그 인간도 죽었다며."

이 시점에서 남은 기사들이 란돌프 경을 이길 확률은 한없이 제로에 수렴한다.

"이기지도 못할 대전사 따위 내세워 보았자 의미 없지."

결투 재판은 여신의 이름으로 치르는 것이라 대전사의 패배 역시 결투 당사자의 패배로 간주된다.

즉, 대전사가 지면 카르나크 또한 자결해야 한다.

"이래도 저래도 마찬가지라서 이 시기의 내가 직접 방법을 찾아낸 모양이다."

대략 두어 달 전쯤 카르나크가 갑자기 이렇게 말했다고 한

다.

—생각해 둔 바가 있다. 나를 믿고 조금만 기다려라.

그리고 이유도 말하지 않은 채 훌쩍 여행을 떠났다가 어제 돌아온 것이다.

"자, 나란 놈이 뭔 생각을 했을지는 뻔하지?"

바로스는 고소를 머금었다.

정말 뻔했다.

과거에도 그의 주인은 비슷한 짓을 했었으니까.

"사령술이군요."

과연 이 시기의 카르나크가 무슨 배짱으로 저런 미친 짓을 했을까?

이건 노집사의 기억을 뒤진다고 알아낼 수 있는 것이 아니다. 이 시기의 그 역시 사령술을 철저히 비밀에 부치고 아무 말도 해 주지 않았다.

"그래도 어느 정도 짐작은 할 수 있어."

카르나크가 사령술 서적을 발견한 것은 그의 오랜 습관 때문이었다.

어릴 적부터 그는 힘든 일이 생기면 가문의 오래된 창고로 도피하곤 했다. 사람 없는 어두운 곳에서 창고를 뒤적거리는 행위가 심적 안정감을 가져다준 것이다.

"생각해 보니 나, 되게 음침한 꼬맹이였네?"

"나이 드신 후에도 음침한 어른이셨는데요, 뭘 새삼스레?"

"그, 그 정도는 아니지 않았냐?"

"사회성 밝은 어른이 뼈다귀만 남아서 손끝으로 사람을 죽인댑니까?"

"시끄러워……."

아마 이 시간대의 카르나크도 비슷한 경로를 밟았을 것이다.

영주가 되고 점점 상황이 몰리자 도피하는 기분으로 창고에 처박혔다가 사령술 책자를 발견했겠지.

영지 근처에서 사령술을 익혔다간 바로 들통이 날 테니, 먼 다르하 마을까지 여행을 떠났을 것이다.

다르하 마을을 고른 이유도 명확하다.

영지에서는 충분히 떨어져 있고 인적이 드문 깊은 곳이되 물자를 조달하기는 쉬운 장소라는 게 그리 흔하지 않다.

"상황만 조금 다를 뿐 똑같은 20살의 나인데 당연히 결론도 비슷하게 내렸겠지."

다른 점은, 전생 때는 가족 몰래 바로스만 데리고 가출해서 사령술을 익혔는데 지금은 당당히 떠난다고 밝힌 정도?

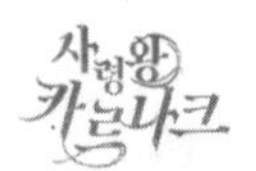

“이제 좀 납득이 가는구만요.”

바로스가 고개를 주억거렸다.

“아쉬울 거 없는 지금의 도련님이 왜 굳이 사령술을 익혔나 했더니…….”

그러더니 문득 물었다.

“그런데 고작 석 달 사령술 익힌 걸로 정규 기사를 이길 수 있어요?”

상대는 란돌프 경, 데벤토르 영지의 최강 기사였다.

물론 명성 높은 왕국 중앙의 기사들과 비교하면 손색이 있겠지만 그래도 일반인은 감히 범접하기 힘든 수준이다.

“아무리 사령술이 사기적으로 강해지는 금단의 비술이라지만 기간이 너무 짧은 것 같은데요.”

그러자 카르나크가 황당하다는 표정으로 바로스를 바라보았다.

“야, 다른 사람도 아니고 네가 그런 소릴 하냐?”

“제가 뭘요?”

“내가 왕년에 어땠는지 옆에서 죽 봐 왔잖아?”

“거 100년 전 일이라니까요? 전 도련님 뼈에 살점이 붙어 있던 시절 기억도 별로 없어요, 이제.”

“사, 살점이냐…….”

졸지에 강아지용 간식 취급당한 카르나크가 오만상을 찌푸렸다. 하지만 틀린 말도 아니긴 하니…….

"솔직히 이길 수는 있어."

그가 화제를 돌렸다.

"애초에 사령술은 금기 중의 금기잖아. 사용한 흔적 조금만 보여도 대륙의 모든 교단에서 전력으로 박멸하려 하고. 저 정도로 리스크가 큰데도 사령술사들이 나타나는 이유가 뭐겠어?"

사령술은 너무나 쉽게 강해질 수 있다.

단기간에, 노력을 안 해도, 재능이 없어도.

"내가 아니라 그 누구라도 작정하고 익히기만 한다면 충분히 승산이 있지."

바로스가 고개를 갸웃거렸다.

"그럼 뭐가 문제입니까? 이길 방법이 있다는 거잖아요?"

"그래, 이길 방법은 있다."

카르나크는 한숨을 푹 쉬었다.

그는 사령술사지, 마법사가 아니었다. 오직 사령술밖에 모른다는 소리다.

"들키지 않을 방법이 없어."

어둠이 짙게 깔린 산속.

횃불을 든 수십 명의 추격대가 산 여기저기를 헤집고 있었다.

"이쪽이다!"

"흔적을 찾았다!"

"절대 놓치지 마라! 저 악마를 붙잡는 자에게 알리움의 축복이 있을 것이다!"

반대편 능선에서 두 청년이 정신없이 산길을 질주하는 중이었다.

"헉, 헉헉!"

"도련님, 좀 더 빨리 뛰십쇼!"

바로스의 재촉에 카르나크는 욕설을 내뱉었다.

"젠장! 이럴 줄 알았으면 데스 스티드 소환술부터 익혀 둘걸!"

평소 운동과 담을 쌓은 몸이다 보니 산속을 조금만 달려도 숨이 턱 끝까지 차오른다.

사령마를 소환해 타고 달리면 훨씬 편했을 텐데, 당장 필요 없다고 뒤로 미룬 것이 화근이었다.

'이렇게 도망 다닐 일이 생길 줄 알았나, 어디.'

하지만 힘들다고 주저앉았다간 곧바로 화형대로 직행할 상황, 애써 무거운 두 발을 옮기며 그는 이를 갈았다.

'대체 어떻게 알아낸 거지? 확실하게 모든 흔적을 지웠는데, 분명히!'

아버지를, 계모를, 두 형을 처리할 때만 해도 모든 일이 잘 풀렸다.

그의 사령술은 경지에 이르렀고, 덕분에 그 누구도 제스트라드 가문을 덮친 악몽의 원인이 카르나크임을 눈치채지 못했다.

'이제 남은 것은 가문을 차지하고 느긋하게 인생을 즐기는 것뿐이라 여겼는데…….'

갑자기 알리움의 신관들이 나타나 그를 사령술사로 지목한 것이다.

오해라며 발뺌할 틈조차 없었다.

'그들은 분명 확신을 가지고 있었어!'

역시 카르나크의 발이 너무 느린 탓이었을까?

어느새 접근한 한 무리의 추격대가 두 사람을 막아섰다.

다들 중무장한 건장한 전사들, 신관들이 데리고 온 정예병들이었다.

검을 뽑아 들며 병사들이 호통을 터트렸다.

"이 악마 놈!"

"더 이상 도망칠 수 있을 것 같으냐!"

"순순히 죗값을 받아라!"

바로스가 겁에 질려 카르나크를 돌아보았다.

"도, 도련님!"

"흥!"

콧방귀를 뀌며 카르나크는 양손을 좌우로 펼쳤다. 넓은 옷소매가 거칠게 펄럭이기 시작했다.

"알리움의 신관들이면 모를까, 고작 일개 병사 따위를 두

려워할 것 같으냐!"

사이한 암흑이 그의 전신에서 퍼져 나왔다. 음울한 중얼거림이 밤의 어둠을 흘러내렸다.

"오라, 떠도는 원혼들이여……. 심연의 빛으로 산 자의 운명을 지워라……."

어둠이 이내 너울거리는 악령의 형상으로 화했다.

어둠의 베일을 뒤집어쓴 채 생명을 거두어 가는 원혼령, 레이스(wraith)였다.

병사들의 안색이 창백해졌다.

"사령술이다!"

"놈이 악령을 부린다!"

"다들 수호부를!"

병사들이 허겁지겁 품에서 뭔가를 꺼냈다.

서로 길이가 다른 육각형의 청동판에 천칭이 새겨진 청동 조형물, 사이한 기운을 물리친다는 달의 여신 알리움의 수호부였다.

허겁지겁 병사들이 수호부를 내밀 때였다.

새애애애액!

섬뜩한 소리와 함께 레이스가 허공을 미끄러졌다.

펑! 펑펑!

레이스의 기운에 닿은 순간 모든 수호부가 박살이 나 흩어졌다.

"뭐, 뭐야?"
"여신의 가호가 통하지 않아?"
이내 악령이 병사들을 덮쳐 갔다.
방패로 막고 검을 휘둘러 봤지만 무용이었다. 레이스는 마치 환영처럼 병사들을 통과해 그들의 생을 거두어 갔다.
"아악!"
"으아악!"
10명이 넘는 전사들이 피를 토하며 쓰러지는 데 채 몇 초 걸리지도 않았다.
순식간에 상황을 정리한 카르나크가 차가운 미소를 지었다.
"좋아, 이걸로 추가 전력이 생겼군."
그가 양 손가락을 기괴하게 움직이기 시작했다.
"일어나라, 죽은 자여. 되살아나 대지를 걸어라."
갓 죽은 이들이 눈깔을 까뒤집은 채 저마다 몸을 일으킨다.
눈, 코, 입에서 피를 줄줄 흘리며 비틀비틀 몸을 돌려 달려온 길을 거꾸로 돌아간다.
"크르르."
"크ㅇㅇㅇ……."
멀어지는 좀비 병사들을 보며 바로스가 물었다.
"이제 안전해진 겁니까, 도련님?"
카르나크는 고개를 저었다.

"아니, 너무 급하게 만든 놈들이라 제 위력이 안 나와."

저 수준의 좀비라면 고작해야 생전 전력의 십분지 일이나 될까?

기껏해야 시간 벌이 정도에 불과, 그러니 서둘러 이 일대를 벗어나야 한다.

카르나크와 바로스는 다시 산길을 달리기 시작했다.

정신없이 두 발을 놀리며 카르나크는 다시 한번 이를 갈았다.

"겨우 복수를 했는데! 겨우 가문을 손에 넣었는데!"

이게 다, 그 사령술 책자를 쓴 정체불명의 작자 탓이다.

"그 사기꾼 새끼! 뭐? 아무도 눈치채지 못해? 신관들은 죄다 알아챘잖아!"

다급한 와중에도 바로스가 초를 쳤다.

"일반인은 아무도 눈치채지 못할 거라고 했었죠. 성직자는 일반인이 아니잖습니까?"

"그 작자가 처음부터 헷갈리게 써 놓았단 말이야!"

정확히는 이렇게 적혀 있었다.

이 수법이라면 일반인은 결코 사령술의 흔적을 눈치채지 못할 것이다. 심지어 투기를 익힌 기사나 마나의 사역자인 마법사라도 알아차릴 수 없다.

“거봐요, 성직자도 눈치채지 못한다는 소린 없네.”

“그럼 따로 주의 사항을 적어 놓았어야지! 상식이잖아!”

“상식적인 인간이면 애초에 사령술을 안 익혔겠죠?”

목숨이 걸린 와중에도 죽어라 딴죽을 거는 걸 보면 진짜 천성인 모양이었다.

카르나크가 신경질적인 외침을 터트렸다.

“닥치고 빨리 튀기나 하자고!”

---

과거의 추억(?)을 떠올리며 카르나크와 바로스는 아련한 표정을 지었다.

“그땐 진짜 고생했었는데.”

“다 끝난 줄 알았는데 딱 걸려서 주야장천 쫓겨 다녔죠?”

“사령왕 카르나크의 전설이 시작된 때였지.”

“에이, 그건 아니죠. 전설이 시작된 건 훨씬 나중이고, 그땐 그냥 추악한 삼류 사령술사가 부질없는 목숨 부지하려고 바퀴벌레처럼 도망 다닌 것에 불과…….”

“바로스, 너도 같이 도망 다녔잖아! 뭘 남 일처럼 말하고 그러냐?”

하여튼, 과거의 카르나크는 자신이 익힌 사령술을 과신하고 있었다.

은밀히 움직이면 그 누구에게도 들키지 않고 원하는 걸 쟁취할 수 있을 것이라고.

딱히 어리석다고 탓할 수만도 없긴 했다. 저 시기의 그가 지닌 지식수준으로는 딱 저 정도까지 예상하는 게 한계인 것이다.

힐끔 거울을 보며 카르나크가 퉁명스레 말했다.

"그러니까 저놈이 왜 그런 착각을 했는지도 짐작이 간다."

거울 속의 자신을 타인처럼 칭하며 그는 어깨를 으쓱였다.

"은밀하게 사령술을 구사하면 란돌프 정도는 이길 수 있으리라 생각했겠지. 실제로 그 정도 위력은 있고."

겉으로는 평범한 전투를 벌이는 척하다가 몰래 저주를 걸어 슥삭!

이것이 대부분의 사령술사들이 공개적으로 전투에 임할 때 사용하는 전형적인 방식이다.

이러면 일반인의 눈에는 평범한 전투로만 보이게 된다.

"하지만 그렇게 하면 또 과거의 재탕이 되어 버리지."

일반인은 속여도 신관은 속이지 못하는 것이다.

신성력을 다루는 성직자들은 사령력의 자취에 특히나 민감하다. 아무리 몰래 사령술을 써도 흔적을 쫓아 끝끝내 추적해 오기 마련이다.

과거의 카르나크도 그랬다.

제스트라드 가문의 저주를 수상히 여긴 알리움의 신관들

에게 결국 정체를 들켜, 쫓기고 또 쫓기며 악명을 쌓아 가다가 마침내 인간임을 포기하지 않았던가?

"기껏 사람답게 살아 보려고 시간까지 되돌렸는데 그럴 순 없잖아."

정체를 들키지 않고 사령술을 쓰려면 정말 편집증에 가까울 정도로 철저히 흔적을 지워야 한다.

아주 사소한 사기만 흘려도 7여신교에서 사냥개처럼 추적해 올 것이다.

"쉽게 말해서, 신관들 앞에선 절대 사령술 쓰면 안 된다는 거네요?"

"그렇지."

"그런데 이거, 결투 재판이죠?"

"그렇지."

"그럼 심판을 신관들이 보겠네요?"

"그렇지."

"그런데 도련님은 뭔 배짱으로 결투 재판에 나서겠다고 한 거래요?"

"당시의 나는 저 사실을 몰랐다니까?"

"끄응……."

바로스는 신음을 흘리며 고민에 빠졌다. 그러다 문득 눈을 빛냈다.

"혹시 결투를 반년 뒤로 미루진 못합니까? 그럼 제가 어떻

게든 몸 만들어서 붙어 볼게요."

즉답이 돌아왔다.

"못 미뤄."

지나치게 대답이 빠른 걸 보면 아마 카르나크도 미뤄 볼 생각 정도는 한 듯했다.

"결투 당사자에게 뭔 일이 생겨도 안 돼요? 도련님이 부상을 입었다거나 해서……."

은근한 눈빛으로 바로스가 카르나크의 다리를 바라보았다.

"다리뼈 박살 내면 도로 붙는 데 반년은 족히 걸릴 것 같은데요. 아니면 병에 걸려서 한동안 요양이 필요하다는 핑계를 대거나요."

카르나크가 코웃음을 쳤다.

"신관들이 주관하는 결투잖아. 그걸 두고 보겠냐?"

교단의 신관들에겐 여신이 내린 치유의 힘이 있는 것이다.

"아프다고 엄살떨어 봤자 신성력으로 바로 일으켜 세울 걸."

"아, 치유 마법이 있었죠? 데스 나이트로 지내다 보니 살아 있는 사람은 신성의 혜택을 받을 수 있다는 걸 잊었네."

물론 신관의 치유 마법이라고 만능은 아니다.

강력한 성직자의 치유술은 그만큼 비용도 비싸다. 어지간한 부자라도 쉽게 낼 수 있는 금액이 아니니, 여전히 대부분의 사람들은 의술의 힘을 빌리고 있다.

“하지만 구리 광산을 지닌 부자 가문이 되었는데 그거 못 내서 재판 미루겠다면 누가 믿겠어?”

또한 치유 마법으로도 잃은 육체까지 재생하진 못한다. 파랄트처럼 아예 사지의 일부를 잃었다면 회복은 불가능하다.

“그렇다고 결투 재판 좀 미루겠다며 다리를 통째로 자를 수도 없는 노릇이고.”

바로스가 다른 아이디어를 떠올렸다.

“결투 전에 란돌프 다리를 잘라 버리는 건요?”

카르나크의 다리를 자르는 건 너무 아까운 일이다.

그러나 란돌프 다리야, 자르건 말건 아까울 일이 없지 않은가?

“결투 재판만 무마시키면 되는 거 아닙니까? 이건 가능할 것 같은데.”

카르나크는 한심하다는 눈으로 그의 시종을 바라보았다.

“그걸 누가 할 건데? 넌 아직 상대가 안 된다며?”

“예? 그야 도련님이 저주 좀 걸어서 처리하면 되잖아요. 아니면 아예 죽여 버리시든가. 예전에도 그렇게 부모 형제 다 죽여 놓고서 뭘…….”

“이후에 죽어라 쫓겨 다녔지, 우리?”

“맞다, 어차피 들키는구나?”

진퇴양난이었다.

이 시기의 카르나크야 좋은 생각이라며 신이 나서 사령술 익히러 달려갔을지 몰라도, 막상 회귀한 입장에서 보니 바보짓도 이런 바보짓이 없다.

"아으, 차라리 영지전을 벌일 것이지. 그럼 몰래 사령술을 써서 어떻게든…… 아니, 그래도 나중에 걸리기는 마찬가지겠군."

"칼날에 몰래 독이라도 발라 볼까요?"

"신관들에겐 해독 마법이란 게 있단다, 바로스."

"아, 그것도 소용없겠네요. 독 썼다가 걸리면 바로 반칙패죠?"

아무리 생각해도 남은 방법은 하나뿐이었다.

"역시 도망쳐야 하나?"

알리움의 이름으로 결투 재판을 걸었으니 이제 와서 물릴 순 없다. 그랬다간 여신을 우롱한 죄로 처형당할 것이다.

그러니 그 전에 패물이며 돈 챙겨서 도주한다. 그리고 신분을 버리고 정체를 감춘 채 일개 모험가로 살아간다.

"그것도 나쁘진 않겠네요. 미래의 사건들을 알고 있으니 충분히 잘살 수 있을 것 같은데요. 다시 힘을 키울 시간적 여유도 생길 것이고."

"포기하기엔 현 상황이 너무 좋잖아."

꼴 보기 싫은 가족들은 알아서 처리가 되었고, 부자가 된 가문의 주인이 되었다. 전생과 달리 영민들에게도 사랑받고 있다.
과거 그가 원했던 것이 모두 이루어진 상황인 것이다.
"이걸 포기하긴 싫은데……."
"죽는 것보단 낫지 않습니까? 그나마 유일한 해결책이 저를 대전사로 내세운다였는데, 그 길도 물 건너갔잖아요."
"그야 그렇지만……."
미련이 덕지덕지 붙은 카르나크를 보며 바로스는 어깨를 으쓱였다.
"저야 도련님이 하자는 대로 할 뿐이죠."
자리에서 일어나며 그가 말을 이었다.
"이만 가 보겠습니다. 집사 영감님이 시킨 일이 있어서요. 결정하시면 알려 주십쇼."
방을 나서는 시종을 보며 카르나크는 마냥 신음만 흘릴 뿐이었다.
"끄응, 어쩐다……."

카르나크가 바로스를 다시 부른 것은 다음 날 오전이었다.
"왜 또 부르셨습니까? 저 빨래 중이었는데."
젖은 손을 대충 닦으며 바로스가 퉁명스레 질문할 때였다.
퀭한 눈으로 카르나크가 말했다.

"결정을 내렸다."

"오! 짐 쌀까요? 패물이랑 영지 운영금을 어디에 보관하는지는 이미 봐 뒀습니다."

"……내가 언제 야반도주한다던?"

"달리 방법이 없잖아요."

"방법이 떠올랐어."

카르나크가 각오 서린 미소를 지었다.

"위험을 좀 감수해야 하겠지만."

유스틸 왕국 북부를 동서로 가로지르는 제덴 산맥.

온갖 마물들이 들끓는 이 험지는 인간의 왕국과 몬스터의 영역인 카오틱 노스를 나누는 경계이기도 했다.

저 마물들이 수시로 인간의 영역을 침범해 왔으니, 데벤토르 자작가는 제스트라드 남작가와 함께 왕국 북부를 지키는 첨병의 역할을 맡고 있었다.

대략 20여 년 전까지는.

제스트라드 가문이 몰락한 이후엔 오직 데벤토르만이 왕국 수호 임무를 제대로 유지하고 있는 것이다.

그런 만큼, 데벤토르 북부 성채에서는 오늘도 한 무리의 기사들이 수련에 매진하고 있었다.

"타앗!"

기합과 함께 건장한 기사들이 서로 공방을 나눈다.

검을 내려치고 방패로 밀어붙이며 피어오르는 흙먼지 속에서 땀을 흘리고 또 흘린다.

"헙!"

"으아아!"

그 모습을 지켜보던 중년의 기사가 고함을 내질렀다.

"결코 단련을 게을리하지 마라! 이 땅의 진정한 수호자는 우리뿐이다!"

이곳의 지휘관인 브라이트 경이었다.

"제스트라드의 쓸모없는 쓰레기들에겐 어떤 기대도 할 수 없으니!"

제스트라드 남작가, 정말 생각하면 할수록 괘씸한 놈들이었다.

주어진 의무도 제대로 이행하지 못하면서 구리 광산이라는 과분한 행운을 얻은 주제에 감히 데벤토르를 배신하고 욕심만 채우려 하다니?

"그것도 이제 곧 깔끔하게 해결이 되겠지."

기사들의 상태를 파악한 뒤 브라이트가 휴식을 선언했다.

"여기까지! 좀 쉬었다가 다시 시작하겠다!"

숨이 턱 끝까지 올라온 기사들이 저마다 호흡을 고르며 헐떡인다.

그 와중에 전혀 지치지 않은 것처럼 멀쩡한 거구의 기사가 1명 있었다.

그에게 다가가며 브라이트가 물었다.

"결투 재판 준비는 잘되어 가나, 란돌프 경?"

"딱히 수련을 게을리하진 않습니다만……."

헛웃음을 흘리며 기사가 갈색 머리칼을 쓸어 올렸다.

"제가 대체 무슨 준비를 해야 한다는 겁니까? 고작 골방 샌님을 상대로."

"물론 그렇긴 하지."

너털웃음을 흘리며 브라이트는 란돌프의 어깨를 툭툭 쳤다.

"그래도 혹시 몰라서 하는 말일세. 도저히 이해가 안 가는 짓이잖나? 뭔가 믿는 것이 있지 않고서야……."

제스트라드의 새 영주, 카르나크의 결투 재판 제안은 지나치게 결과가 빤한 것이었다.

"아무리 멍청하다 해도 자기 목숨을 그리 쉽게 버릴까?"

"물론 저도 방심할 생각은 없습니다만……."

란돌프가 어깨를 으쓱였다.

"듣자 하니 제스트라드의 새 영주는 원래 제대로 된 후계자도 아니었다고 하더군요. 진정한 기사가 어느 정도로 강한지 모르고 있는 것 아닐까요?"

그냥 일반 병사들보다 조금 더 강하다고 여기고 있을 수도 있다.

"세상 물정 모르는 귀족 도령이 바보짓 하는 거야 흔한 일

아닙니까?"
브라이트는 피식 웃었다.
"흔한 일이긴 하지."
살다 보면, 너무 멍청해 보여서 실은 뭔가 속셈이 있지 않을까 의심되는 경우가 꽤 있다.
대부분은 정말로 멍청했을 뿐이라는 결론이 나오지만.
란돌프가 다시 검을 들었다.
"물론 단련은 결코 게을리하지 말아야겠지요."
휴식 시간이 끝났으니 다시 수행에 매진해야 한다.
"결투 재판을 위해서가 아니라, 이 땅과 사람들을 수호하기 위해서!"
다른 기사들도 하나둘 자세를 잡기 시작했다.
성채 연무장 곳곳에서 다시금 기합 소리가 우렁차게 울려 퍼졌다.
"허업!"
"타아앗!"
든든한 눈으로 브라이트는 수련에 임한 란돌프를 바라보았다.
호쾌한 검격이 연신 이어진다. 방패로 막고 갑옷으로 버텨도 저항하지 못하고 밀려나 상대는 결국 목숨을 내주고 마는, 란돌프 특유의 패도적인 검술이다.
'역시 강하군.'

이대로 성장한다면 기사들의 꿈이라는 투기[battle aura]를 익혀 진정한 일류가 될지도 모를 재목이었다.

'단지 걱정이라면 성정이 거칠고 적을 얕보는 습관이 있다는 건데…….'

아무리 그렇다 해도 제대로 된 훈련조차 받지 않은 20살짜리 애송이에게 패할 일은 결코 없을 것이다.

'거참, 기사도 마법사도 아닌 주제에 뭘 믿고 결투를 걸었는지 모르겠단 말이야.'

그러던 중이었다.

문득 브라이트는 연무장 너머를 바라보았다.

'음?'

누군가가 자신들을 살피는 듯한 느낌이 든 탓이었다.

뭔가 싶어서 유심히 보니 내성 앞뜰 울타리 저편에서 웬 행상 1명이 여인들을 상대로 이런저런 잡화들을 팔고 있었다.

딱히 이상한 상황은 아니었다. 원래 저런 행상들은 종종 오곤 했다.

본가라면 모를까, 북쪽 성채는 규모가 작다. 앞뜰이 때론 연무장도 되고 빨래터도 되며 잡상인이 물건을 파는 장소도 된다.

한쪽에서는 기사들이 수련에 임하고 반대편에선 여인들이 이불을 말리는 것은 흔히 볼 수 있는 풍경인 것이다.

하지만 저 행상 청년은 좀 지나치다 싶을 정도로 이쪽을 힐끔거리고 있었다.

'저놈이?'

순간, 제스트라드에서 이쪽 전력을 염탐하려 보낸 첩자인 것은 아닌가 하는 생각이 들었다.

그러나 브라이트는 이내 고개를 저었다.

'말도 안 되지.'

어차피 지금은 체력 단련 시간이었다.

딱히 남들에게 알려지면 곤란한 특유의 비기나 전법 등을 연습하는 시간이 아니다.

정말 중요한 수련은 아무리 성채 규모가 작다 해도 사람들 눈을 피해 따로 수련한다.

물론 사소한 움직임이나 버릇만으로 상대의 전력을 읽어 내는 경우가 없는 것은 아니지만…….

'그건 족히 수십 년을 전투에만 매진한 달인에게나 가능한 짓이고.'

그 정도로 엄청난 강자가 고작 행상 노릇이나 하며 이쪽을 염탐할 이유가 없었다.

그냥 본인이 결투 재판의 대전사로 나서면 될 텐데?

게다가 평민들이 기사를 동경의 눈으로 바라보는 건 신기할 것도 없는 일이다.

상념을 지우며 브라이트는 다시 연무장으로 시선을 돌렸다.

우렁찬 고함이 땀 흘리는 기사들의 머리 위로 울려 퍼졌다.

"계속 움직여라! 그대들이 흘린 땀이 이 땅을 지키는 거름이 될 것이다!"

---

바닥에 펼쳐 놓은 돗자리 위에 늘어놓은 온갖 잡화들.

한 무리의 여인들이 옹기종기 모여 열심히 물건들을 구경하고 있었다. 다들 북쪽 성채에 주둔하는 기사와 병사의 가족들이었다.

중년 부인이 손수건을 매만지며 황홀한 표정을 짓는다.

"어머나, 부드러워라. 무슨 천을 쓴 걸까?"

"이거 얼마인가요?"

"한 벌에 30켈린만 주십쇼!"

"세상에, 그렇게 싸요? 아, 그럼 저도……."

여인들을 상대로 열심히 흥정을 이어 가며 행상, 정확히는 행상으로 위장 중인 바로스는 내심 웃었다.

'장사 잘되네. 당연한 이야기겠지만.'

이 잡화들은 이날을 위해 특별히 마련한 왕국 중부의 제품들이었다. 이런 척박한 성채에서는 보기 드문 고급품인 것이다.

하물며 그걸 마진도 하나 안 남기고 구입한 가격 그대로 판매 중이다.

'다들 당장이라도 써 보고 싶어 안달이 날 수밖에 없지, 후후.'

덕분에 대성황, 인파의 장막 속에서 느긋하게 기사들의 훈련을 관람할 수 있게 되었다.

특히 란돌프의 전투 방식을.

'대충 알겠다.'

아무리 기초적인 기술만을 사용하는 체력 단련이라 해도 평소 습관은 묻어 나오기 마련이다.

그리고 네크로피아의 2인자이자 한때 세계 최강의 전사이기도 했던 바로스의 '대충'은 일반 기사들과는 차원이 다른 정밀도를 가지고 있었다.

조금 살펴본 것만으로도 란돌프의 전력을 낱낱이 파헤쳐 버린 것이다.

어떤 성격인지, 어떤 식으로 싸울지, 속도와 타이밍은 어느 정도일지.

'저 수준이면 준비에 반년씩이나 필요하지도 않았겠는데?'

란돌프는 전형적인 중검술 타입의 기사였다.

좋게 말하면 강렬하고 효율적이며 담백한 검술, 나쁘게 말하면 그냥 단순 무식한 타입.

여러모로 움직임을 예측하기 편한 상대다.

한 서너 달 정도만 몸 만들고 덤벼도 충분히 승산이 있을 것 같았다.

'아무리 그래도 지금 당장 붙으면 금방 목 잘리겠지만.'

그러니 지금은 카르나크의 계획대로 실행하는 것이 최선이다.

그렇게 란돌프를 염탐하고 있는데 모인 여인 중 1명이 바로스에게 말을 걸었다.

"혹시 저희 오라버니를 알고 계신가요?"

"앗! 란돌프 경의 가족이셨군요."

잽싸게 표정을 관리하며 바로스가 태연스레 말했다.

"북부 최강의 기사, 란돌프 경을 모르는 사람이 어디 있겠습니까? 제가 촌뜨기다 보니 신기해서 자꾸 쳐다보게 되는군요."

실은 데벤토르 최강의 기사일 뿐이지만 은근슬쩍 높여 주는 바로스였다.

"실례를 범해 죄송합니다. 사죄의 뜻으로 내의 한 장 더 드리죠. 제가 가진 게 이런 것뿐이라."

공짜로 더 준다는데 마다할 사람 없다. 여인이 까르르 웃으며 속옷을 받아 챙겼다.

"어머나, 고마우셔라. 호호호."

자연스럽게 상황을 넘기며 바로스는 다시 란돌프를 바라보았다.

'이걸로 도련님이 시킨 건 다 했지?'

그의 입가에 사악한 미소가 떠올랐다.

'슬슬 그 양반을 어떻게 굴릴지 대충 윤곽이 나오는구만, 후후후후.'

제스트라드 저택 한편에 은밀하게 세워진 개인 연무장.

각 가문의 비기는 유출되는 것만으로도 큰 타격을 입을 수 있기에 제스트라드 가문뿐 아니라 대부분의 귀족가에선 갖추고 있는 시설이었다.

연무장에 들어서며 카르나크는 의아해했다.

"솔직히 우리 가문 검술은 남들에게 감춰야 할 만큼 대단하지도 않지 않나? 왜 굳이 이런 시설을 만든 거야?"

바로스가 꼭 그렇지도 않다며 손을 저었다.

"삼류들끼리 싸울 땐 그 정도만으로도 충분히 불리해지니까요. 당연히 만들어야죠."

삼류라 칭할 정도로 제스트라드 가문의 가전 검술이 하찮지는 않다. 하지만 둘 다 놀던 물이 다르다 보니 삼류의 기준도 높은 것이다.

연무장 문을 걸어 잠그며 카르나크가 너스레를 떨었다.

"덕분에 우리야 편하게 됐지만."

바로스가 돌아오자 카르나크는 곧바로 결투에 대비해 특훈에 들어가겠다고 선포했다. 그리고 바로스를 제외한 그 누구도 연무장 근처에 얼씬거리지 말라고 엄포를 놓았다.

영지의 운명이 걸린 만큼 철저히 비밀로 해야 한다는 그의 말을 의심하는 이는 없었다. 바로스야 원래부터 카르나크의 심복이었으니 함께 움직이는 것이 당연했고.

"이걸로 바로스, 네가 갑자기 강해져도 딱히 의심받진 않겠지?"

이 시점의 바로스는 일개 시종일 뿐이다. 그런 그가 아무런 근거도 없이 일류 기사로 탈바꿈하는 건 역시 수상하다.

이런 식으로 '카르나크를 보필하며 어깨너머로 무술을 익히다가 숨겨진 재능이 눈을 떴다!'라는 시나리오가 필요한 것이다.

"당장은 눈앞의 일에 집중합시다."

중얼거리며 바로스가 한 벌의 플레이트 메일을 카르나크 앞에 내려놓았다.

"걸치십쇼."

갑옷 가슴 부위를 들고 카르나크가 고개를 갸웃거렸다.

"이거 어떻게 입는 거야?"

평생 갑옷 따위 걸쳐 본 일이 없는 탓이었다.

사령술사일 때야 갑옷은 방해가 될 뿐이니 입을 일이 없었고 아스트라 슈나프가 된 후엔 갑옷보다 자신의 육체가 월등히 강하니 더욱 필요가 없었다.

"도와드릴게요."

건틀렛도 끼워 주고 매듭도 조여 주며 바로스는 익숙한 손놀림으로 카르나크에게 갑옷을 입혔다. 그리고 한 발 뒤로 물러선 뒤 고개를 끄덕였다.

"참으로 위풍당당하십니다."

"……놀리는 거지?"

"당연히 놀리는 거죠. 설마 진심이겠습니까?"

깡마른 체구의 카르나크에게 갑옷을 입혀 놓으니 이건 중무장한 허수아비와 다를 게 없었다.

갑옷 틈새로 공간이 너무 남아 움직일 때마다 덜그럭거리는 소리가 들릴 지경이었다.

카르나크가 눈을 흘겼다.

"역시 네놈은 그냥 좀비나 구울로 만들었어야 했는데."

"해 보시든가요. 저 없으면 도련님은 누구랑 노시게요?"

"칫."

하여튼 카르나크는 갑옷 차림으로 앞뒤로 걸어 보았다.

팔도 들고 다리도 들어 본다. 허리춤의 칼도 뽑아서 가볍게 휘두른다.

"뭐야? 생각보다 무겁진 않네?"

그가 만난 기사들은 무거운 갑옷을 걸치고도 날렵하게 움직이는 자신을 매우 자랑스러워했던 것이다.

"그놈들, 죄다 허풍이었나?"
당연하다며 바로스가 대꾸했다.
"지금이야 그렇죠."
아무리 철제 갑옷이 무겁다 해도 걸친 것만으로 움직이지도 못할 정도는 아니다. 엄연히 사람 입으라고 만들어 놓은 물건인데?
"그 차림으로 딱 5분만 쉬지 않고 달려 보십쇼. 그럼 생각이 바뀌실 겁니다."
카르나크의 안색이 창백해졌다.
"5분이나 달려야 돼? 난 맨몸으로도 그렇게 오래는 못 달려!"
바로스의 안색도 굳었다.
"엥? 고작 5분인데요? 사지 멀쩡한 20살 청년이 5분도 쉬지 않고 못 달려요?"
100년 넘게 머리만 쓴 놈과 100년 넘게 몸만 쓴 놈의 거리감은 생각보다 더 컸다.
"이상하다? 예전에 도망칠 땐 잘 달리셨던 것 같은데?"
"그땐 사령력의 힘을 빌렸잖아."
"고작 산길 좀 뛰는 걸 가지고 사령술까지 썼던 거였어요?"
"사령술이라 할 정도는 아니고, 그냥 사령력으로 육체를 좀 강화한 수준?"

"……."

말문을 잃은 바로스가 이마를 짚으며 탄식을 터트렸다.

"하이고, 갈 길이 멀겠네요……."

하지만 여기까지 온 이상 다른 선택지는 없다.

어떻게든 해 보는 수밖에.

"자, 그럼 기사 수행을 시작합시다!"

"말은 바로 해. 기사 수행이 아니야."

카르나크가 진지한 어조로 말을 바꿨다.

"어디까지나 기사 행세 수행이다."

갑옷을 걸친 채 엉거주춤 서 있는 카르나크를 향해 바로스가 진지하게 말했다.

"자, 첫 번째 목표는 아주 간단합니다. 체력 키우기죠."

몸이 받쳐 주지 않으면 절세의 비기를 익히고 있어도 아무 소용 없다. 아니, 애초에 익히지도 못한다.

"뛰십쇼, 연무장 가장자리 따라서."

"그 정도쯤이야……."

실내 연무장이다 보니 그다지 큰 공간은 아니었다.

한 20초? 그 정도 만에 한 바퀴를 돌 수 있었다.

갑옷 차림이라 확실히 발이 느리긴 느렸다.

"헉, 헉헉, 됐지? 그럼 다음은?"

헐떡대는 카르나크를 보며 바로스가 너 지금 뭐 하냐는 표

정을 지었다.

"49바퀴 더 도셔야 되는데요?"

"잠깐! 50바퀴를 돌라고?"

"설마 1바퀴 돌고 끝인 줄 아셨어요?"

"사람이 어떻게 50바퀴를 쉬지도 않고 돌아?"

"거 잡소리 참 많으시네. 마저 뛰기나 하십쇼."

"크으……."

울상을 한 채 카르나크는 다시 뛰었다.

한 3바퀴까진 그래도 이를 악물고 버텼다. 대신 뜀박질이 점점 느려졌다.

5바퀴쯤 되니 눈앞이 노래지기 시작했다. 슬슬 달리기보다 걷기에 가까운 동작이 되었다.

10바퀴째, 노랗던 눈앞이 캄캄해졌다.

"켁……."

다리가 꼬여 카르나크가 바닥에 훌렁 엎어졌다. 요란한 갑옷 소리가 연무장을 울려 퍼졌다.

우당탕!

"아이고……."

바로스는 얼굴을 감쌌다. 좌절감이 그를 덮치고 있었다.

"도련님이 체력 없는 줄은 알고 있었지만 이 정도일 줄이야……."

계획을 전면 수정할 필요가 생겼다.

"근력 단련은 좀 미뤄야겠군요. 우선은 일반인 수준의 체력이라도 갖춰야 합니다."

바로스가 그를 강제로 일으켰다.

"자, 일어나서! 마저 뛰십쇼!"

"저, 정말 못 뛰겠는데?"

"포기하시게요? 지금이라도 야반도주 준비할까요?"

"아으……."

신음을 흘리며 카르나크는 다시 걸음을 옮겼다.

바로스의 말이 옳았다.

이 정도로 포기하기엔 현 상황이 너무 좋다.

"그래! 뛴다! 뛰어!"

---

열흘 뒤, 카르나크는 기쁨의 눈물을 흘렸다.

"다, 다 돌았다!"

드디어 연무장 50바퀴를 쉬지 않고 달리는 데 성공한 것이다! 실로 장족의 발전이었다.

물론 바로스는 칼같이 초를 쳤지만.

"쉬지 않고 달린 거 아니잖아요? 후반 10바퀴 정도는 걷는 거나 다름없었으면서."

"그래도 쉬진 않았어!"

"뭐, 잘하셨어요."

바로스도 굳이 잔소리를 더 늘어놓지는 않았다.

사실 이 정도면 카르나크는 진심으로 수련에 임했다 할 수 있는 것이다.

운동과 담쌓은 육체에 고작 열흘 만에 이 정도로 체력이 붙는다는 건 결코 쉬운 일이 아니다.

카르나크 본인의 노력도 노력이지만, 그보단 부자가 된 덕에 영양 공급이 충실했다는 점이 컸다.

"역시 고기 잔뜩 먹이고 푹 재우면 체력은 잘 붙네요. 이래서 돈 많은 기사들이 그렇게 강했구만?"

"나도 좀 신기하더라. 나 원래 입 짧았던 걸로 기억하는데."

"지금 우리야, 모든 밥이 다 맛있죠."

원래 몸을 단기간에 혹사시키면 입맛이 떨어지게 마련이다. 그러나 영혼까지 깃든 카르나크의 식탐은 육체의 한계마저 돌파한 것이다!

아무리 피곤해도 밥은 꼬박꼬박 챙겨 먹었다. 속 더부룩하면 소화제까지 챙겨 가며 우걱우걱 입에 집어넣었다.

영양 공급이라는 측면에선 모범적일 정도로 충실하게 수행한 나날이었다.

덕분에 몸도 꽤 좋아져, 이젠 그냥 허수아비에서 '짚을 좀 채워 넣은 허수아비' 수준까진 변한 상태다.

카르나크를 위아래로 살피며 바로스가 고개를 끄덕였다.

"간신히 사람 구실은 하게 됐군요. 이제 체력 단련을 시작할 수 있겠습니다."

순간 카르나크의 표정이 묘해졌다. 체력 단련이라니?

"내가 지금까지 한 건 뭔데?"

"재활요."

"……."

"적어도 갑옷 입고 5분은 전력으로 움직일 수 있어야죠."

"나 지금 그렇게 한 것 같은데?"

분명히 갑옷 입고 5분이 훨씬 넘도록 쉬지 않고 달린(?) 카르나크였다.

"눈앞에서 칼날이 오락가락하는 상황이랑 멍하니 달리는 거랑 같은 줄 알아요? 지금 수준이면 30초도 안 돼서 다리 풀릴 겁니다."

도로 암담해지는 걸 느끼며 카르나크가 따져 댔다.

"아니, 그럼 검술은 언제 익혀? 시간도 없는데."

이미 결투 날짜는 이십여 일밖에 남지 않았다.

"그러니 더욱 서두르셔야죠."

열심히 주인을 달래며, 충실한 시종은 사악한 미소를 지어 보였다.

"자, 본격적인 체력 단련을 시작합시다!"

카르나크의 일과는 단순했다.

일단 아침에 일어나서 아침을 먹는다.

그리고 바로 연무장으로 직행해 팔굽혀펴기, 무거운 쇠막대 쥐고 휘두르기, 앉았다 일어나기 등등을 죽어라 시행.

이후 휴식을 취하다 점심 먹고 또 연무장으로 향한다.

밥, 휴식, 단련, 밥, 휴식, 단련밖에 없는 일상이었다.

"헉, 헉헉……."

오늘도 죽어라 쇠막대를 휘두르다 말고 카르나크는 문득 옆을 보았다.

무거운 중갑을 걸친 금발 청년이 대검을 휘두르며 똑같은 자세를 반복하고 있었다.

바로스 역시 몸을 만들어야 하는 것은 같은 처지라 카르나크를 단련시키며 본인도 수행에 열중하고 있는 것이다.

"야, 바로스."

"네, 도련님."

"기사들은 다들 이렇게 무식한 훈련을 하고 사냐?"

바로스가 한쪽 눈을 치켜떴다.

"그거, 기사 훈련 아닌데요."

"아니라고?"

그럼 자신만 이렇게 무식하게 굴렸단 말인가?

카르나크가 발끈하려던 차였다.
“그건 그냥 일반 병사용 훈련 코스인뎁쇼. 기사들이 그렇게 말랑하게 훈련을 할 리가 없잖습니까?”
“헉…….”
기가 죽어 카르나크는 어깨를 축 늘어트렸다.
생각해 보니 그는 세계를 정복한 사령왕임에도 휘하 기사나 병사가 훈련하는 걸 본 기억이 없었다.
당연한 이야기다.
죄다 해골이거나, 썩다 만 시체거나, 아예 악령이거나, 데스 나이트였는데?
반면 바로스는 언데드가 되기 전부터 살아 있는 몸으로 카르나크와 함께 싸워 왔다. 기본적인 몸 만드는 법쯤은 숙지하고 있다.
“제가 하는 게 기사 훈련이죠.”
카르나크 이상으로 현재 바로스의 육체는 변해 있었다.
카르나크가 먹는 양의 2배를 처먹으며 꾸역꾸역 몸을 만들고 있는데, 팔뚝 두께부터가 차원이 다르다.
부럽다는 듯 카르나크가 눈을 가늘게 떴다.
“넌 몸 금방 두꺼워진다? 왜 난 그렇게 안 되지?”
“이거 아직은 그냥 다 살이에요. 고작 며칠 만에 근육이 제대로 붙을 리가 없잖아요? 여기서 꾸준히 단련을 해야 근육으로 바뀌지.”

"내가 보기엔 지금도 무식하게 두꺼워. 역시 저 정도 하니까 기사들이 다들 그리 우락부락한 건가?"

"이것도 정규 기사들에 비하면 강도 약한 건데요. 종자 시절 하는 수준이에요."

"……기사란 놈들은 다들 괴물이냐?"

어이가 없다는 듯 바로스가 반박했다.

"해골 움직여서 사람 목 따는 양반이 누굴 괴물이라고 하는 겁니까?"

이렇게까지 몸 만들고 기술 익혀도 진정한 강자들에게는 사정없이 밀리기만 한 바로스였다. 차후에 카르나크의 힘으로 데스 나이트가 된 후에나 본격적으로 악명을 떨쳤지.

"딴청 피우면서 쉴 생각 마시고 계속 움직이십쇼! 휴식은 제가 허락할 때만 취하는 겁니다!"

"누가 주인이고 누가 시종인지 모르겠네."

투덜대면서도 카르나크는 열심히 바로스의 지시에 따랐다.

그렇게 일주일이 더 지났다. 카르나크 역시 갑옷을 입고 어느 정도 자유롭게 움직일 만큼의 체력은 붙었다.

바로스가 고개를 끄덕였다.

"이제 검투 수련에 들어갈 시기군요."

결투 날짜까지 보름 남은 시점이었다.

드디어 검을 뽑는 것을 허락받았다.

살짝 들뜬 기분으로 카르나크는 훈련용 장검을 허리춤에서 길게 뽑아 들었다.

"이제 검을 휘두를 수 있는 거냐?"

"아직은 아닙니다."

검을 든 카르나크의 당면 과제는 이거였다.

"많은 거 안 바랍니다. 똑바로, 제대로 서 있기만 하십쇼."

"고작 그거?"

의아해하면서도 카르나크는 검을 들어 적을 겨누는 자세를 취했다.

그리고 잠시 후, '고작'이 아님을 깨달았다.

별거 아닌 줄 알았던 그 단순한 자세조차도 온갖 잔소리를 들어야 했던 것이다.

"팔 흔들립니다요."

"무릎 더 구부리시고요."

"체중은 뒷발로."

"시선은 적 중심에."

"어깨에 힘 빼세요."

"검 쥔 팔에는 힘 더 넣으시고."

낑낑대던 카르나크가 발끈했다.

"어떻게 팔엔 힘을 주고 어깨엔 힘을 빼? 넌 팔이랑 어깨랑 따로 붙어 있냐?"

"……아오, 이걸 어떻게 설명을 해야 하지?"

반나절을 투자하고서야 간신히 자세가 나왔다. 그나마도 조금만 신경 끄면 바로 흐트러지는 자세였다.

이대로라면 결코 제대로 된 위력의 참격은 기대할 수 없다.

하지만 바로스는 일단 넘어갔다.

"지금 도련님 수준에선 올바른 자세로 검을 휘둘러 봐야 썰려 죽긴 마찬가지일 테니까요."

어차피 이 훈련의 목적은 란돌프 경과 싸워 이기는 것이 아니다.

"하지만 이렇게 자세를 취하고 있으면 일격에 목 날아가진 않을 겁니다."

바로스가 커다란 나무 몽둥이를 하나 들더니 카르나크를 겨눴다.

"제가 공격을 하겠습니다. 대비하세요."

눈을 빛내며 카르나크가 검 쥔 손에 힘을 주었다.

"반격하라고?"

"반격이라……."

가소롭다는 듯 바로스가 콧방귀를 뀌었다.

"일단 겪어 보셔야 이해가 되시겠네요."

순간 복부에 육중한 통증이 닥쳐왔다. 바로스가 대뜸 몽둥이를 찔러 넣은 것이다.

“컥!”

갑옷을 입고 있음에도 충격이 뚫고 들어와 내장을 뒤흔든다.

신음하며, 카르나크는 양팔로 배를 감쌌다.

“아프시죠?”

“그래!”

“그렇다고 손 놓고 있으면 안 되죠. 어서 자세 다시 취하십쇼.”

이를 갈며 카르나크가 재차 검을 겨눴다. 그리고 눈에 독기를 품었다.

‘이번에는 몽둥이가 날아드는 틈을 노려 한 방 먹여 줘야지!’

그럴 틈 따위 없었다.

퍽!

“케엑!”

어깨에 일격을 허용한 카르나크가 비틀거리며 물러섰다.

바로스가 심드렁하게 말을 이었다.

“자세 취하시라니까요, 자세.”

계속 매타작이 이어졌다.

바로스는 정말 사정없이 카르나크를 두들겼고, 카르나크

는 그저 맞고 또 맞기만 했다.

반격?

어림도 없었다.

뭘 해 보기도 전에 후속타가 이어져 반격을 모조리 사전에 차단해 버리는 것이다.

모든 공격이 움직임의 근원이 되는 어깨며 허리, 무릎 등을 툭툭 쳐서 끊어 버리는데, 당하는 입장에선 정말 아무것도 할 수가 없었다.

“기사가 일반인들을 가지고 놀 수 있는 이유가 이거예요. 기사라고 무슨 엄청난 동체 시력과 반사 신경만으로 모든 공격을 다 막거나 피하는 건 아니거든요.”

물론 저런 면도 있긴 하지만, 100퍼센트는 아니다.

“아예 공격도 못 하게 만들거나 자기가 원하는 방향으로 공격을 유도할 수 있으니까 그렇게 가지고 노는 양상이 나오는 겁니다. 상대가 전투에 문외한일수록 더 쉽죠.”

그래서 중요한 것이, 공격을 당해 자세가 흐트러져도 곧바로 원래대로 돌아가는 것이다.

“그럼 적어도 후속타가 들어오는 건 피할 수 있으니까요. 분명 란돌프 경과의 결투도 이 양상으로 진행될 겁니다.”

“그렇군.”

진지하게 고개를 끄덕이며 카르나크가 자세를 취했다.

그렇게 후속타에 대비하려던 찰나!

퍽!

또 처맞았다…….

"야! 자세 취해도 후속타 못 막겠는데?"

"지금 도련님 수준에선 그렇겠죠."

"내가 자세를 취하고 있으면 란돌프 놈도 내 목 못 딴다며?"

"그럴 리가요? 마음만 먹으면 언제든지 벨 수 있겠죠."

"그럼 대체 이 훈련은 왜 하는 거야?"

바로스는 씨익 웃었다.

"그 마음을 안 먹게 만들기 위해서입니다."

그가 파악한 란돌프는 자기과시가 강한 성격이었다.

상대를 충분히 가지고 놀 만한 실력인데, 게다가 구경꾼도 잔뜩 있는데 대뜸 목을 베진 않을 것이다.

"믿을 만한 근거도 있어요."

두 다리 잘린 파랄트가 그 증거였다.

충분히 목을 벨 수 있는 상황에서 굳이 자르기도 힘든 다리를, 그것도 둘 다 자른 걸 보면 란돌프의 성격을 익히 알 수 있는 것이다.

"하지만 도련님이 전의를 상실해 버리면 이야기가 달라지거든요."

포기한 상대를 계속 가지고 노는 건 약자를 핍박하는 모양새가 된다.

"파랄트 도련님보다 훨씬 약한 전 가주님이 한 방에 목 잘린 이유가 이겁니다."

전 가주, 크라푸트 남작은 검술에 별로 소양이 없었다. 그 탓에 란돌프와 맞붙자마자 이내 전의를 상실했다고 들었다.

"그런 상대까지 가지고 놀면 오히려 자신의 명성이 깎일 테니 명예롭게 한 방에 보내 드린 거죠."

그러니 현재 카르나크의 훈련 목표는 이것이다.

"전의를 상실하지 않고, 끝까지 포기하지 않는 상대처럼 보여야 합니다. 그래야 한 방에 죽이지 않을 테니까요."

매일같이 바로스는 패고 또 팼다.

매일같이 카르나크는 맞고 또 맞았다.

"주, 죽겠다……."

오늘도 연무장 바닥에 주저앉아 카르나크는 울상을 지었다.

전신이 타박상으로 욱신거린다. 움직일 때마다 근육통으로 몸이 비명을 지르는 기분이다.

이렇게까지 열심인데 조금은 실력이 늘지 않았을까?

그렇진 않았다.

애초에 배운 게 없거든.

"야, 슬슬 뭘 좀 가르쳐 줘야 하는 거 아냐? 피하지 못하면 비껴 맞는 법이라도……."

그저 갑옷 입고 검 쥔 자세를 취한 채, 얻어맞고 오뚝이처럼 일어나기만 반복했을 뿐이다.

"비껴 맞는 건 쉬운 기술인 줄 아세요?"

슬슬 몸이 긴장해진 바로스가 몽둥이로 어깨를 툭툭 쳤다.

"고작 한 달, 아니, 이제 열흘밖에 안 남았네? 하여튼 시간이 없는데 대체 뭘 익힐 수 있겠습니까?"

"그럼 이 훈련은 무슨 의미가 있는데?"

"이건 통증에 익숙해지는 과정이죠."

뛰어난 검술? 강인한 체력? 강철 같은 맷집? 흔들리지 않는 정신력?

생초짜가 전투에 임하려면 이 모든 것보다 우선적으로 챙겨야 하는 부분이 있다.

"얻어맞는 상황에 익숙해지고, 목숨이 오락가락하는 상황에 익숙해져야 합니다. 그래야 제정신을 유지하고, 제정신을 유지해야 싸우건 도망치건 하죠."

보통은 굳이 이런 과정까지 따로 겪게 하진 않는다.

그냥 대련 과정에서 저절로 터득하게 되니까.

재능이 있는 이라면 금방 익숙해질 것이고, 재능이 없어도 시간을 들이면 결국은 몸이 적응하기 마련이다.

"하지만 지금 도련님에겐 시간도 재능도 없으니까 이렇게라도 해야죠."

납득이 가는 답변이었다.

하지만 납득이 된다고 불만도 사라지는 건 아닌 법이다.

"이러다 골병이라도 들면 더 문제 아니야?"

바로스가 코웃음을 쳤다.

"골병들 만큼 때리지도 않았거든요? 어차피 갑옷 위를 두들기는 건데."

말투만 시건방질 뿐, 사실 그는 세상 그 누구보다도 카르나크에게 충성하는 심복 중의 심복이다. 소중한 주인을 위해 진심으로 최선을 다하고 있다.

"도련님이 하도 몸 쓰는 일이랑 담을 쌓아서 그렇지, 실은 이거 그렇게 혹독한 훈련도 아닙니다. 충분히 힘 조절 하고 있어요."

"그래도 이렇게 하루도 안 쉬고 훈련만 해도 돼? 너무 과한 훈련도 안 좋다던데."

"그건 어느 정도 몸이 만들어진 후 이야기고, 지금 도련님 수준이면 밤에 푹 자는 것만으로도 휴식은 충분해요."

아무리 따져도 씨알도 안 먹힌다.

"그놈 참, 꼬박꼬박 말대꾸는 잘하네."

바로스가 진지한 얼굴로 물었다.

"제가 사령술에 대해 도련님께 떠들어 대면 무슨 기분이겠습니까?"

"한없이 가소롭겠지?"

"네, 그게 지금 제 기분입니다."

"……."

"그러니까 닥치고 일어나세요. 지금도 시간은 가고 있다니까요?"

매타작 수련이 시작된 지 닷새째.

결투까지 열흘 남은 시점이 되어서야 겨우 카르나크는 검술을 배울 수 있었다.

아주 기본적인 베기와 찌르기에 불과할 뿐이었지만.

기합을 터트리며 눈앞의 바로스를 향해 횡베기를 이어 간다.

"헙!"

몽둥이로 가볍게 튕겨 내며 바로스가 소리쳤다.

"기합은 우렁차게!"

재차 찌르기를 시도하며 카르나크가 목청을 높였다.

"타앗!"

그래도 바로스에겐 아직 불만인 듯했다.

"더 크게 내지르십쇼! 기합은 힘주려고 넣는 거 아닙니다! 남들 들으라고 하는 거지!"

카르나크가 고개를 갸웃거렸다.

"힘 집중하려고 기합 터트리는 거, 맞지 않냐?"

"도련님은 그렇단 소리죠."

현재 카르나크의 수준이면 기합을 터트리건 사자후를 내지르건 어차피 비실비실한 일격밖에 못 날리는 것이다.

이건 어디까지나 '난 아직 싸울 의지가 충만하다!'라고 어필하는 수단에 불과하다.

"갑니다!"

친절하게 입으로 알려 주며 바로스가 몽둥이를 휘둘러 왔다.

그간의 수행이 아주 헛되진 않았는지 카르나크가 재빨리 방패를 들어 막았다. 그리고 방패째로 날아갔다.

"커억!"

우당탕탕!

바닥을 구르는 소중한 주인을 향해 심복이 충심 어린 조언을 날린다.

"참격 날아오면 버틸 생각 마십쇼! 무조건 땅바닥을 구르는 겁니다!"

"……좀 부끄러운데 버티면 안 되나?"

"칼이랑 갑옷이랑 같이 썰리고 싶으세요?"

"응, 구를게."

칼질 한 번 하고 방패로 막고, 바닥을 데굴데굴 구르며 피하는 일상이 이어졌다.

평생 이 정도로 몸을 혹사시켜 본 적이 없는 카르나크에겐 실로 가혹한 일정이었다.

"아고고……."

욱신거리는 허리를 두드리며 카르나크는 한숨을 푹푹 내쉬었다.

"어휴, 내 팔자에 무식한 칼잡이랑 드잡이할 일이 생길 줄이야."

"그러게 취미로 검술 같은 거라도 좀 익히시지 그랬어요? 100년 내내 심심하다고 노래를 부르셨으면서."

"취미란 건 재미있는 걸 말하는 거다! 땀내 나는 사내놈이랑 숨소리 들리는 거리까지 찰싹 붙어서 싸우는 게 무슨 재미라고?"

사령왕이 되기 전, 사령술사임을 감추고 방랑하던 시절부터 그는 철저히 마법사로 행세하고 살았다.

전술 역시 마찬가지였다.

무조건 거리를 벌리고 벌린 뒤, 멀리서 쾅!

근접전을 벌이는 상황 자체가 싫은 것이다.

"원래 내 전술은 고기 방패 내세우고 그 틈에 뒤에서 조지는 거였어."

"잘 알죠, 제가 바로 그 고기 방패였는데요."

연신 투덜대면서도 카르나크는 착실히 수련에 임했다.

시간이 흐르며 어느 정도 성과도 나왔다. 예전엔 볼품없는 골방 샌님이었는데 지금은 볼품없는 삼류 병사 정도로는 보

인달까?

덕분에 자신감도 좀 붙었다.

"이 정도면 나한테도 승산이 조금은 있지 않을까? 꽤 열심히 한 것 같은데."

바로스도 순순히 인정해 줄 정도였다.

"열심히 하셨죠. 지금이라면 바로 죽이지는 않겠어요."

"이렇게 고생을 했는데 고작 그거야?"

그렇게 점점 결투 일자가 다가왔다.

결투 이틀 전.

"이 정도면 그럭저럭 준비가 된 것 같군요."

바로스가 몽둥이가 아니라 장검을 들고 진지하게 말했다.

"최종 단계에 들어가겠습니다."

---

죽은 자들의 제국, 네크로피아의 2인자.

4대 무왕 중 셋을 해치운 지상 최강의 데스 나이트.

이것이 과거 바로스를 칭하는 수식어들이다.

"하지만 제가 4대 무왕들보다 더 뛰어난 전사였던 건 아니죠."

무력도, 기술도, 정신력도, 경험도 모두 저들이 위였다.

그럼에도 그가 이길 수 있었던 것은 어디까지나 사령왕 카르나크의 압도적인 권능에 힘입은 바가 크다.

"훗, 내가 좀 잘나긴 했지."

"그럼요. 너무 잘나셔서 해골에 사령 씌우고 사셨잖아요?"

으스대는 카르나크를 향해 바로스가 원망하듯 말을 이었다.

"좀 덜 잘나시지 그러셨어요? 그럼 우리도 스테이크 썰면서 와인 마시고 살았을 텐데."

"그랬으면 진작 우리 둘 다 죽었을걸."

하여튼 바로스는 분명 4대 무왕에 비해 한 수 아래였다.

그러나 그가 다른 무왕들보다 월등히 뛰어난 부분도 있었다.

"약자를 희롱하면서 수치를 주다가 죽이는 건 제가 최고죠. 평생 그러고 살았으니까."

"음험한 녀석 같으니."

"도련님이 시키신 거잖아요! 증오와 분노를 끌어내서 죽여야 좋은 언데드로 만들 수 있다면서요?"

덕택에 이거 하나만큼은 확실히 예측할 수 있다.

란돌프가 어떻게 카르나크를 가지고 놀다가 어떤 식으로 그를 굴복시킬지만큼은.

"틀림없이 이렇게 나올 겁니다."

바로스가 장검을 휘둘러 카르나크를 압박해 왔다.

"처음엔 이 정도로 느릿느릿하게 도련님을 희롱하겠죠."

기겁하며 카르나크가 바닥을 굴렀다.

"켁! 너, 너무 빠른데?"

입으론 느릿느릿이라면서 눈에 보이지도 않는 스피드의 검격이 연신 날아오는 것이다.

계속 검을 휘두르며 바로스가 태연하게 말했다.

"그래도 이젠 피할 수 있잖아요?"

과연 그간의 수련이 헛되진 않았다.

볼품없이 바닥을 구르고 갑옷 위로 두들겨 맞으면서도 어떻게든 정타는 피하는 카르나크였다.

"헉! 헉헉!"

맞고 구르면서도 애써 일어나 재차 검을 겨누는 카르나크를 보며, 바로스는 뿌듯한 미소를 지었다.

"괜찮은 움직임이시네요."

"어, 정말 괜찮아?"

"네, 가지고 놀기 딱 좋은 수준입니다."

"……."

"진짜로 칭찬한 거예요. 그 수준까지 오르는 것도 쉬운 일 아니거든요?"

하여튼, 이렇게나 전의를 불사르는 카르나크를 상대하며 란돌프는 꽤나 흡족해할 것이다.

명색이 결투 재판인데 지나치게 약자를 핍박하는 것처럼 보여도 곤란하니까.

"이러다가 슬슬 끝을 보려고 하겠죠."

그럼에도 바로 목숨을 노리진 않을 것이다.

"가장 좋은 그림은 상대의 무릎을 꿇린 채 패배를 인정하게 하는 광경이거든요. 도련님을 처형하는 건 신관들에게 맡기고 자신은 명예로운 기사로 남을 수 있을 테니."

그러니 란돌프가 노릴 부분은 카르나크의 양다리다.

"팔은 베여도 근성으로 서 있을 수 있지만 다리가 잘리면 근성이고 뭐고 없잖아요? 그냥 무릎 꿇는 거죠, 뭐."

바로스의 움직임이 갑자기 변했다.

순식간에 그의 전신이 흐릿해지더니 섬광이 카르나크의 무릎 위로 번뜩인다.

"헉!"

반응할 여유조차 없었다. 딱딱하게 굳은 카르나크를 보며 바로스가 빙그레 웃었다.

"이렇게 다리를 베어 버리겠죠."

"……난 이걸 막아야 하는 거고?"

"네."

"내가 할 수 있을지 모르겠다?"

"노리는 부분을 미리 알고 있으면 한 번 정도는 막을 수 있어요. 당연히 반복 연습도 할 거고."

이때가 유일한 반격의 기회라며 바로스는 말을 이었다.

"물론 아무리 상대가 허점을 보인다 해도, 대충 검 휘두른다고 맞아 주는 건 아니죠."

이때만큼은 정말 위력적인 검술을 제대로 펼칠 필요가 있다.

"그래서……."

자세를 낮추며 바로스가 장검을 역수로 잡아 검극을 바닥에 갖다 댔다. 덕분에 자연스럽게 양 무릎을 방어하는 자세가 되었다.

"지금부터 도련님이 배우셔야 할 기술은 이겁니다."

검을 마치 퍼 올리듯 사선으로 베어 올리며 양손을 바꿔 쥔다. 그렇게 눈앞의 허공을 한 번 베어 낸 뒤, 양손에서 한 손으로 그립을 바꾸며 어깨를 내밀어 거리를 늘린다. 동시에 회전력을 실어 한 번 더 베어 올린다!

파팟!

순간 공기가 찢어지는 소리가 연달아 울려 퍼졌다.

"2단 올려 치기, 오버 킬."

눈을 동그랗게 뜬 카르나크를 향해 바로스가 차분히 중얼거렸다.

"델피아드의 무왕, 레번 스트라우스의 비전 검술 중 하나입니다."

"……."

카르나크는 말없이 눈만 연신 깜빡거렸다.

예전엔 저 기술이 얼마나 대단한지 몰라보았을 것이다. 검

자체를 휘둘러 본 적이 없으니까.

그러나 지난 며칠 동안 질리게 칼질을 해 본 지금은 알겠다. 방금 바로스가 선보인 기술이 얼마나 고도의 것인지.

"그걸 나보고 하라고?"

"네."

"그럼 좀 일찍 가르쳐 주든가! 이틀밖에 안 남았는데 내가 그런 걸 어떻게 익혀?"

"하루면 충분합니다."

바로스는 여전히 태연했다.

"제대로 익히는 게 아니라 흉내만 내는 거니까요."

기술을 제대로 익힌다는 건 수천수만 번 반복을 통해 그 기술이 몸에 완전히 깃들어 머리보다 몸이 먼저 움직이는 경지를 말한다.

"그런 숙련도까진 기대도 안 해요. 그냥 정해진 상황에서 그럴듯하게 흉내만 내시면 됩니다."

"그래도 돼?"

"원래는 안 되죠."

하지만 카르나크라면 딱히 문제가 없다.

"어차피 이번 일만 끝나면 칼 쥘 일도 없으시잖아요. 오히려 하루 종일 벼락치기 확실하게 하고 도로 잊어 먹는 게 효율적입니다."

"그런가?"

긴가민가하면서도 카르나크는 검을 쥐었다.

"알았어, 해 볼게."

검극을 바닥에 대고, 눈을 빛내며 검을 올려 친다!

-오버 킬!

장검이 저 멀리 훨훨 날아 연무장 구석에 나뒹굴었다. 칼을 놓쳤단 소리다.

기술 자체가 몇 번이나 그립을 고쳐 쥐는 방식이라 손가락이 꼬인 것이다.

"……이거 정말 내가 할 수 있는 거 맞아?"

바로스는 여전히 자신만만한 얼굴이었다.

"걱정 마시라니까요? 다 도련님 수준을 생각해서 정한 일정이에요."

"대체 내 수준을 어느 정도로 잡은 건데?"

"집에서 자수만 놓은 10대 귀족 아가씨요."

"빌어먹을 놈……."

구시렁대면서도 카르나크는 바로스의 지시대로 충실히 수련에 임했다.

그렇게 이틀이란 시간이 더 지나고, 마침내 아침 해가 밝았다.

제스트라드 남작가의 사활, 그리고 카르나크의 목숨이 걸린 바로 그날.

알리움의 결투 재판 당일이었다.

# 결투 재판

은과 청동으로 치장된 화려한 전신 거울.

그 위로 상체를 탈의한 사내의 모습이 비치고 있었다.

얼핏 평범해 보이는 육체였다.

적당히 살이 오르고 근육이 붙은, 딱히 크지도 작지도 않은 덩치. 아무 청년이나 데리고 와서 벗겨 놓아도 비슷한 모습일 것이다.

그러나 카르나크에겐 실로 뿌듯한 결과물이기도 했다.

"이야, 나 제법 몸 좋아졌잖아?"

알통을 만들어 보이며 그는 싱글벙글 웃었다.

항상 멸치와 건어물 사이의 어딘가에 위치하던 몸이 이젠 제법 사람 같은 몰골을 하고 있는 것이다.

"이 정도면 근육 꽤 붙지 않았냐, 바로스?"

혹독한 단련의 결과물을 보며 즐거워하는 주인을 향해, 충실한 시종이 진심을 담아 말을 건넨다.

"그 정도 굴렀는데 남자인 이상 그 정도 근육은 붙어야죠. 아니, 여자라도 그 정도는 되겠다. 고기도 그렇게 많이 먹였구만."

"고작 한 달 만에 이렇게나 변했는데 칭찬 좀 해 주면 안 되냐?"

"평소 얼마나 몸을 안 움직이셨으면 고작 한 달 만에 그렇게나 변했겠습니까? 제발 주제 파악 좀 하시라니까요."

카르나크는 잠시 의아해했다.

분명히 평소처럼 건방진 태도이긴 한데, 뭔가 느낌이 좀 다르다?

이유를 깨달은 그가 바로스의 어깨를 툭툭 쳤다.

"너무 걱정 마라. 잘될 거다."

이제 곧 카르나크는 란돌프와 결투 재판을 벌여야 할 몸이다. 바로스는 그 점이 못내 불안한 것이다.

"끙, 걱정이 안 될 수가 없잖아요."

아무리 모든 대비를 해 뒀다 해도 어디로 튈지 모르는 게 세상사인 법.

"계획대로 안 풀리면 바로 사령술 발동하세요. 보는 놈들 다 죽이고 도망가면 되니까."

"아, 그랬다간 또 과거의 재탕이 된다니까?"

"당장 죽는 것보단 낫잖습니까? 목 잘린 다음 결투 이겨봤자 의미 없어요."

보통은 목 잘리면 끝이지만 카르나크는 다르다. 죽임을 당해도 사령술을 이용해 언데드로 부활할 수 있다.

대신 인간의 감각은 잃겠지만.

"도망쳐도 살아서 도망쳐야죠. 사람답게 살아 보겠다고 다 버리고 돌아온 건데."

"알았다, 알았어."

바로스를 달래며 카르나크는 고개를 돌렸다.

방 한편에 세워 둔 갑옷과 장검, 방패가 보인다. 오늘을 위해 바로스가 심혈을 기울여 손질해 놓은 무구들이다.

걸음을 옮기며 카르나크가 진지하게 중얼거렸다.

"가자고, 결투 장소로."

결투 재판을 위한 임시 투기장은 알리움의 신전이 위치한 북쪽 들판에 세워져 있었다.

데벤토르와 제스트라드의 경계인 이곳은 평소엔 사람들의 발길이 극히 뜸한 장소다. 신관들과 양치기들 외엔 거의 드나들지 않는 것이다.

하지만 지금은 수많은 인파가 모여 있었다.

투기장에 도착한 바로스가 주위를 둘러보며 입을 벌렸다.

"으아, 생각보다 구경꾼들이 너무 많은데요?"

투기장 양쪽에 도열한 제스트라드 영지 사람들과 데벤토르 영지의 사람들, 여기에 재판을 관장하기 위한 알리움의 신관들까지 있다.

족히 100명은 넘는 규모였다.

갑옷 차림의 카르나크가 걸음을 옮기며 작게 속삭였다.

"그렇겠지. 영지의 운명이 걸린 결투잖아."

"남 일처럼 말할 때가 아니잖아요?"

여전히 근심 어린 표정을 숨기지 못하며 바로스가 물었다.

"만일의 경우 도망칠 수 있겠어요?"

"이 숫자면 충분히 가능해."

태연한 그의 태도에 바로스가 비로소 안도의 한숨을 쉬었다.

카르나크는 내심 쓴웃음을 지었다.

'뭐, 거짓말은 아니니까.'

분명 도망칠 자신은 있다.

하지만 다 죽일 자신은 절대 없다.

'도망치면 정체도 바로 들통나는 거지.'

사령술사로 평생 쫓기며 살아야 하는데, 그 결과가 어떤지는 카르나크도 잘 알지 않는가?

'역시 결투에서 이길 수밖에 없겠군.'

시끌시끌한 분위기 속에서 카르나크는 투기장 입구로 걸어갔다.

그가 걸음을 옮길 때마다 영지민들이 눈물을 훔치며 기도를 올린다.

"아이고, 도련님……."

"부디 알리움께서 우리 영주님을 보살펴 주시길……."

"전 가주님의 원수를 갚아 주십시오!"

반응이 생각보다 긍정적이었다.

이미 죽은 사람 취급하는 게 아니라, 정말 카르나크가 이길 가능성도 있다고 믿고 있는 듯하다.

카르나크 입장에선 웃기는 이야기였다.

상식적으로, 아무것도 모르는 골방 샌님이 고작 석 달 비밀 수련했다고 닳고 닳은 기사를 이길 수 있을 리가 없는데?

'내가 정말 입을 잘 털었나 보군.'

하긴, 원래대로라면 사령술로 결투에 임할 생각이었을 테니 주위 사람들에게도 그 자신감이 전해졌겠지.

'실은 인생 종 치는 길인 줄도 모르고 말이지, 에휴.'

이윽고 투기장 중앙에 한 신관이 모습을 드러냈다.

중년 신관이 손을 들어 소란을 잠재웠다.

"알리움의 권위 앞에 침묵할지어다!"

이내 사방이 조용해졌다.

재판이 시작된 것이다.

“양측 모두 상대의 증거가 허위임을 주장하였으니, 위대한 알리움의 가호 아래 진실을 판가름하게 되리라!”

신관의 목소리가 이어졌다.

“제스트라드의 영주, 결투자 카르나크는 여신의 앞에 서시오!”

카르나크가 투기장 안으로 들어섰다.

전신을 반짝이는 강철 갑옷으로 감싸고 가문의 문양이 새겨진 방패를 든 그의 모습은 꽤나 그럴싸해 보였다. 제스트라드 측에서 환호가 터져 나왔다.

“와아아아아!”

다시 한번 신관의 목소리가 울려 퍼졌다.

“데벤토르의 기사, 결투자 란돌프는 여신의 앞에 서시오!”

마찬가지로 환호가 터졌다. 데벤토르 측이었다.

“와아아아아!”

환호 속에서 거구의 사내가 투기장 안으로 들어섰다.

평범한 일상복 차림의 란돌프였다.

카르나크와 달리 갑옷도 방패도 없다. 그저 평소 애용하던 거대한 대검 한 자루만을 등에 패용한 상태다.

미리 약속한 사항이었다. 양쪽의 기량을 볼 때 이 정도는 되어야 공정한 결투가 되는 것이다.

물론 이렇게 해도 여전히 란돌프가 압도적으로 유리하다.

그렇기에 그의 입가엔 여전히 자신만만한 미소가 머금어져 있었다.

두 사람이 천천히 걸음을 옮겨 마침내 투기장 가운데서 서로를 마주하며 선다.

알리움의 성물을 내세우며 신관이 물었다.

"결투자여, 그대들은 알리움의 이름으로 정정당당히 싸울 것을 맹세하는가?"

검을 뽑아 투구 앞으로 가져가며 카르나크가 답했다.

"제스트라드의 명예를 걸고, 맹세합니다!"

란돌프는 검을 뽑지 않았다. 대신 의기양양하게 외칠 뿐이었다.

"데벤토르의 명예를 걸고 맹세하오!"

고개를 끄덕이며 신관이 뒷걸음질을 쳤다.

"여신의 가호 아래 정의의 천칭이 기울어지리라!"

투기장을 빠져나간 중년 신관이 마지막 외침을 터트렸다.

"결투 재판을 시작한다!"

란돌프가 등 뒤의 검을 뽑았다.

스르릉!

섬뜩한 강철의 음향이 귀를 찌른다. 별로 크지도 않은데 이상하게 몸이 위축되는 소리다.
물론 카르나크는 위축되지 않았다.
이걸 대비해서 일부러 바로스가 칼 넣었다 뽑았다 하면서 스르릉 소리도 엄청 냈었거든.
"제스트라드의 애송아."
검을 가볍게 늘어뜨리며 란돌프는 사납게 웃었다.
"지난 석 달간 뭘 했는지는 모르겠지만……."
그가 가볍게 한 발 앞으로 디뎠다. 동시에 참격이 카르나크의 어깨를 노리고 날아들었다.
재빨리 카르나크가 방패를 들어 막았다.
터엉!
쇳소리와 함께 그는 뒤로 몇 걸음 물러났다. 하지만 쓰러지진 않았다.
란돌프 역시 상대가 막았다고 딱히 놀라거나 하는 눈치는 아니었다.
오히려 못 막았으면 놀라울 정도로 가볍게 휘두른 일격이었다.
"고작 몇 달 만에 터득할 만큼 검의 길은 얕지 않다."
이죽대며 란돌프가 공세를 이었다. 카르나크도 진지하게 맞받아쳤다.
란돌프의 공격을 방패로 막아 낸 뒤 카르나크가 반격에 나선다. 그럼 란돌프는 가볍게 피하며 다시 추가타를 날린다.

그걸 다시 방패로 막고, 또 반격한다.

탕, 타탕!

쇳소리가 연신 울리며 공방이 이어졌다.

얼핏 보기엔 그럴싸한 결투 장면이라 제스트라드 측에서 환호가 터져 나왔다.

"오오!"

"도련님이 잘 싸우고 계셔!"

"이제 도련님이 아니시잖아! 영주님이라고 불러야지!"

카르나크도 내심 안도하고 있었다.

'다행히 초반은 바로스의 예상대로군.'

전혀 빠르지도, 위력적이지도 않다. 상대의 수준을 파악해 보겠다는 의미가 다분한 공격이다.

심지어 공격의 궤도조차도 뻔해서 연습한 대로만 움직이면 충분히 막을 수 있다.

그러니 그가 할 일은 하나뿐.

누구보다도 우렁차게 기합을 터트리며…….

"타아앗!"

눈빛과 기세를 총동원해 목숨을 아까워하지 않는 기개를 보인다!

챙! 채챙!

몇 번 더 검격이 오갔다. 란돌프가 만족스러운 듯 중얼거렸다.

"눈빛이 제법 좋군."

솔직히 실력은 별거 없었다.

제대로 된 기사라 할 순 없다. 아니, 제대로 된 병사라 할 수도 없는 수준이다.

하지만 전투에 임하는 태도만큼은 인정해 줄 만했다.

'이 정도면 충분히 결투 재판답게 쓰러뜨릴 수 있겠어.'

란돌프의 검력이 한 단계 올라갔다. 아까와는 다른 검압이 카르나크의 정면으로 치고 들어왔다.

"헙!"

방패로 막았다간 통째로 썰릴 기세.

물론 카르나크는 당황하지 않았다.

'역시!'

기다렸다는 듯 카르나크가 몸을 던지며 땅바닥을 데굴데굴 굴렀다.

"어?"

뭐랄까, 상대가 이렇게까지 비굴하게 피하는 경우는 상정하지 않아 란돌프도 살짝 당황했다.

전장이라면 여기서 그냥 쫓아가서 칼 푹 찌르면 끝인 것이다.

'하지만 명색이 결투인데 그런 짓을 하긴 좀…….'

일단 카르나크가 일어나길 기다렸다. 그리고 다시 검을 날리는데…….

데굴데굴!
“얼씨구?”
또 검을 날리는데…….
데굴데굴데굴!
“이놈이?”
어이도 없고 조금씩 열도 받는다.
설마 자신을 상대로 계속 이렇게 구르다 보면 기회가 올 거라 여기는 것일까?
‘그 정도로 기사를 우습게 안단 말이지?’
란돌프의 기세가 살짝 변했다.
“이거, 조금은 진심으로 가야겠군.”
간만 보는 수준에서 적절히 소금을 치는 단계로 전환한 셈이었다.
경험 많은 전사라면 이제부터 본격적인 공세가 날아들 거라는 걸 알 수 있으리라.
물론 카르나크에게 검투의 경험 따윈 없다. 당연히 상대의 기세가 변했는지 아닌지도 모른다.
하지만 그 대신 전투 경험이 철철 흘러넘치는 충실한 시종이 있지.
“도련님!”
바로스가 고함을 내질렀다. 사전에 약속한 신호였다.
‘아, 지금이냐?’

솔직히 카르나크가 보기엔 대체 뭐가 달라진 건지 모르겠다만 바로스가 그렇다면 그런 것이겠지.

갑자기 카르나크가 방패를 버렸다.

"엥?"

란돌프는 살짝 당황했다.

'저게 미쳤나, 주제에 방패를 버려?'

물론 실제론 방패가 있으나 없으나 상관없다. 마음만 먹으면 란돌프는 언제라도 카르나크의 목을 딸 수 있다.

하지만 그건 란돌프 입장이고, 카르나크가 할 짓은 아닌 것이다.

방패를 버린 카르나크가 정식으로 자세를 취했다.

"나도 진심으로 가겠다, 란돌프 경!"

양손으로 장검을 굳게 쥐고 상대를 겨눈다. 바로스가 반나절 넘게 투자해 그의 몸에 각인시킨 기수식이었다.

순간 데벤토르 기사 측에서 웅성대는 소리가 퍼져 나왔다.

"어?"

"저 자세는……."

"설마?"

제스트라드 가문의 검술이 아니었다.

그보다 훨씬 유명한, 특히나 유스틸 왕국 북부에선 어지간한 기사들이라면 다들 아는 검술의 기수식.

란돌프가 어이없다는 듯 중얼거렸다.

"델피아드 검투술?"

델피아드 검투술.

대륙에 명성이 자자한 무가, 스트라우스 가문에 대대로 전해져 내려오는 전설적인 검술 중 하나다.

당대의 가주인 갤러드 스트라우스는 저 델피아드 검투술을 극의까지 익혀 무왕의 자리에 올랐다고 전해진다.

"무왕의 검술이라니……."

란돌프는 혼란에 빠졌다. 결투를 지켜보던 다른 기사들도 마찬가지였다.

상대가 전설적인 무왕의 검술을 들고나와서는 아니었다.

'저걸 모르는 놈이 누가 있다고?'

델피아드 검투술 자체는 대륙 전역에 널리 퍼져 있는 것이다.

그러니까, 기초 단계만큼은.

워낙 유명한 검술이다 보니 따라 해 보는 이들도 많다. 그리고 모두가 똑같은 결론을 얻게 된다.

-이거 우린 익혀 봤자네.

델피아드 검투술이 강한 건 어디까지나 투기를 익힌 다음부터.

투기를 다루는 용법이 오묘하고 강력하기에 그토록 명성을 얻었지, 그 전 단계에선 오히려 일반 삼류 검술보다도 못하다.

대신 기본을 닦는 데는 효과가 엄청나게 좋기에 기사들 사이에서 종종 종자들에게 입문 과정으로 가르치기도 한다.

그런데, 그걸 지금 들고 왔단 말인가?

'뭐지? 뭔가 속셈이 있나?'

혹시 세간에 알려지지 않은 진정한 델피아드 검투술, 비전 중의 비전이라는 투기 운용법을 손에 넣은 것일까? 그래서 이렇게 자신 있게 결투에 나선 건가?

'고작 석 달 연습해 놓고?'

석 달이면 투기는 고사하고 기본기도 제대로 익히기 힘든 시간이다.

'앞뒤가 안 맞는데?'

도무지 이해가 안 가 란돌프가 미간을 찌푸릴 때였다.

구경꾼들이 웅성대기 시작했다.

"뭐야?"

"저게 무왕의 검술이래."

"그 전설의 무왕 말이여?"

"오메, 그럼 란돌프 경, 큰일 난 거 아녀?"

그렇다.

문외한이 전문가를 이해 못 하듯, 전문가도 문외한을 이해

못 한다.

기사라면 누구나 알고 있다.

삼류 검술조차도 제대로 익히는 데 몇 년이 걸리며, 델피아드 검투술 같은 초일류 검술이라면 평생을 투자해도 모자란다는 것을.

그런데 문외한은 이렇게도 생각하는 것이다.

무왕의 검술쯤 되면, 몇 달만 익혀도 삼류 검술 몇 년씩 익힌 놈 정도는 가볍게 해치울 수 있지 않을까?

실제로 없는 일도 아니긴 하다.

간혹 아직 어린 스트라우스 가문의 직계들이 노련한 일반 기사들을 펑펑 해치우곤 하니까.

하지만 그건 그냥 그들이 천재 중의 천재라서 그런 것이지, 델피아드 검투술이 일반인을 몇 달 만에 초일류 검사로 만들어 주는 게 아니다.

'그러니까…….'

사정을 파악한 란돌프가 헛웃음을 흘렸다.

'세상 물정 모르는 골방 샌님이 어쩌다 무왕의 검술서를 손에 넣고는 그게 무슨 엄청난 기회라도 된 줄 알고 석 달간 대충 익힌 다음 내 앞에 섰단 말이지?'

이제야 모든 것이 이해가 됐다.

"큭, 크크큭!"

키득거리며 그는 허리를 폈다.

'나쁜 이야기는 아니군.'

무왕의 검술이라는 간판이 걸려 있다면 보다 그럴듯하게 결투 재판을 끝낼 수 있을 터였다.

검을 겨눈 채 란돌프가 기세등등하게 외쳤다.

"제스트라드의 새 영주여! 알리움의 이름으로 정의를 실현하겠다!"

주위 반응을 보며 카르나크는 안도의 한숨을 내쉬었다.

'휴우, 이걸로 지난 석 달간의 행적은 대충 얼버무릴 수 있겠군.'

당연히 그는 델피아드 검투술 따위 모른다. 할 줄 아는 건 딱 기수식까지만.

그럼에도 굳이 이렇게 한 이유는, 이 시간대의 카르나크가 싸질러 놓은 짓의 뒷수습 때문이었다.

힘을 얻겠다며 몇 달이나 집을 비웠다. 그렇다면 그토록 자신만만했던 근거가 있어야 하는 것이다.

원래대로라면 마법사로 행세했을 테니 별문제 없었겠지만 기사로 나선 지금은 그에 걸맞은 핑계가 필요하다.

그래서 충실한 시종에게 물었다.

"바로스."

"왜요, 도련님?"

"혹시 이런 거 없냐? 손에 넣기만 해도 모두가 경악할 만큼 엄청나면서 동시에 사람들이 쉽게 알아보는, 그러면서 나도 흉내 낼 수 있는 그런 검술."

질문하면서도 스스로 어이가 없었다.

손에 넣기만 해도 모두가 경악할 정도면 굉장히 희귀한 검술이란 소리다.

그런 희귀한 검술을 이런 시골 기사들마저도 알아볼 수 있어야 한다고? 그렇게 강력한 검술인데 멸치 사촌인 카르나크가 흉내라도 낼 수 있어야 하고?

"없으면 말고. 나도 큰 기대는 안 하고 물어본……."

"있어요."

"엥?"

"있다고요, 그런 검술."

무려 100여 년이나 무의 길을 걸었던 바로스다. 그 엄청난 시간 동안 그가 수집한 대륙 각지의 검술도 한둘이 아니다.

"레번 경의 델피아드 검투술이 딱 그 조건에 맞네요. 현시점이면 갤러드 경이 무왕이겠지만."

"너 그거 할 줄 알아?"

"대충은요."

명성이 자자했던 4대 무왕 중 셋이 바로스의 손에 쓰러졌다. 그리고 그들의 무술 역시 고스란히 그에게 전해졌다.

바로스가 무슨 하늘이 내린 세기의 천재라 검을 주고받으며 기술을 훔쳤다는 소리는 아니다.

"그냥 가르쳐 달라고 하고 배웠죠, 뭐."

저들은 패한 후 데스 나이트로 되살려져 사령왕의 충실한 수족이 되었다.

데스 나이트 로드인 바로스의 충실한 부하이기도 했으니 그냥 가르치라고 명령만 하면 바로 복종하는 것이다.

"덕분에 4대 무왕 중 라피셀 거 빼곤 다 익혔지요."

참고로 라피셀의 기술만 못 익힌 이유가 있었다.

그녀는 카르나크가 데스 나이트로 만들질 않았다.

4대 무왕의 홍일점, 라피셀 크로테움.

그녀는 실로 위대한 인류의 영웅이었다.

다른 무왕들이 모두 쓰러지고 3인의 대마법사마저 사령왕의 충복이 되어 버린 절망적인 상황 속에서도 끝끝내 포기하지 않고 맞서 싸우며, 마지막까지 카르나크에게 큰 피해를 입혔다.

그리고 그 영웅적 행위에 걸맞게 유독 가혹한 결과를 맞이했다.

패배한 그녀를 황궁 네크로폴리스의 문지기로 만든 뒤 동, 서, 남쪽 대문에 각각 배치시킨 것이다.

동시에 세 곳을 지킨다는 게 뭔 개소리인가 싶겠지만, 이게 사령술이 개입되면 말이 된다.

뼈는 발라서 스켈레톤 병사로 일으켜 동쪽에 배치.
살점은 따로 떼서 플레시 골렘으로 만들어 서쪽에 배치.
영혼은 분리해서 리빙 아머에 연결해 남쪽에 배치.
죽지도 살지도 못하는 억겁의 고통을 내린 셈이었다.
당시를 떠올리며 카르나크가 혀를 내둘렀다.
"와, 나 진짜 몹쓸 놈이었네? 왜 그땐 이런 기분을 못 느꼈지?"
"지금은 인간의 몸으로 돌아와서 그런 거 아닐까요?"
"그렇지? 역시 사람답게 살아야 돼. 아무렴."
저따위 대화를 부담 없이 하는 시점에서 사람답게 살기란 요원한 게 아닌가 싶지만 아쉽게도 주인 놈이나 종놈이나 아직 그 정도로 인간이 되진 않은 듯하다.
어쨌거나 무왕의 검술은 치기 어린 젊은이가 힘을 얻었다고 착각하기 딱 좋은 간판이다.
결투가 끝난 후에도 별 의심은 사지 않으리라.
'이제 남은 문제는…….'
검을 쥔 채 카르나크는 침을 꿀꺽 삼켰다.
'나만 잘 살아남으면 되네.'

방패를 버리면서 카르나크는 그럴싸한 델피아드 검투술의

기수식을 선보일 수 있었다.

그리고 그 대가로 먼지 나게 처맞기 시작했다.

“크! 커억! 컥!”

방패가 있을 땐 통째로 막을 수 있었으니 그나마 좀 쉬웠다. 하지만 이젠 검을 들어 막아야 하는 것이다.

란돌프 경이 갑자기 거리를 좁힌다. 그리고 뭔가를 한다.

뭘 했냐고? 카르나크 입장에선 알 수 없다.

뭔가 번쩍했으니 칼을 휘둘렀다는 건 알겠는데 딱 거기까지다.

“크윽!”

갑옷 위로 불꽃이 튀었다. 란돌프의 일격이 또 그를 강타한 것이다.

그나마 다행은 갑옷 위로 맞아서 참격이 아니라 타격이 되었다는 점이었다.

충격으로 날아간 카르나크가 또 바닥을 데굴데굴 굴렀다.

“흥! 또 그 짓인…….”

란돌프의 말문이 잠시 막혔다.

아까의 구르기와는 차이점이 있었다.

‘잉?’

아까는 그냥 굴렀을 뿐이다.

그런데 지금은?

“아직이다!”

굴러간 카르나크가 자연스럽게 주저앉아 도로 검을 겨누고 있었다.

"와라! 데벤토르의 기사여!"

완전히 일어난 게 아니다. 한쪽 무릎을 꿇은 채 검만 앞으로 겨눈다.

그런데 폼이 어째 그럴싸하다.

마치 먹이를 노리는 독수리처럼 자세를 낮춘 채 적을 노려보는 자세 같다.

심지어 그 상태로 큰소리도 뻥뻥 친다.

"이 정도로 제스트라드의 혈통을 쓰러뜨릴 수 있을 것 같으냐!"

너무 당당해서 란돌프조차 순간 헷갈릴 정도였다.

'뭐라는 거야, 이놈이? 쓰러뜨린 거 맞잖아!'

뭐, 별 상관은 없다. 그럼 쫓아가서 마저 패 버리면 되지.

놈은 한 영지의 주인답게 최고급 갑옷을 입고 있다. 손 좀 과하게 쓰더라도 볼품없이 죽어 버리진 않을 터.

'우선 기운을 빼 두자.'

맹렬한 참격이 채찍처럼 카르나크의 갑옷 위를 두들겨 댔다. 신음을 터트리며 카르나크도 계속 바닥을 굴렀다.

"큭! 크윽! 큭!"

그래도 치명상까진 가지 않는다. 맞는 순간 미련 없이 몸을 던져 바닥을 굴렀기에 충격만 관통할 뿐 갑옷까지 뚫리진 않는 것이다.

그래 놓고 또 상체만 일으킨 채 폼 잡으며 큰소리 뻥뻥.

"제스트라드의 검은 꺾이지 않는다!"

란돌프의 눈에 이채가 맴돌았다.

"의외로 방어는 꽤 하는구나, 델피아드 검투술의 비껴 흘리기인가?"

카르나크는 내심 코웃음을 쳤다.

'웃기는 놈일세, 내가 그런 걸 할 수 있을 리가 없잖아?'

과연 바로스의 말대로였다.

고작해야 시골 기사다 보니 안목이랄 게 없다.

자신감이 붙는다.

기합을 터트리며 카르나크가 다시금 전의를 불살랐다.

"타아앗!"

바로스는 흐뭇해하고 있었다.

'비껴 흘리기 곧잘 하시네. 역시 내가 좀 잘 가르치긴 했지?'

카르나크는 모르고 있지만, 그는 정말로 갑옷을 이용해 참격을 비껴 흘리는 기법을 구사하고 있었다.

그러지 않고서야 아무리 갑옷이 단단해도 저렇게까지 버

틸 수 있을 리가 있나?

바로스가 그를 두들기면서 일부러 그런 반응을 보이도록 유도하며 수련을 시킨 것이다.

초보자 수준에선 저 사실을 의식해 버리면 오히려 할 수 있던 것도 못하니까 일부러 본인에겐 감췄지만.

'허세도 기대했던 것보다 훨씬 잘 떠시고.'

여전히 처맞고 있을 뿐이다.

여전히 날아가 바닥을 데굴거리고 있다.

그런데도 표정은 실로 당당하고 눈은 세상을 오시할 듯 형형하게 빛난다!

"제스트라드의 검은 꺾이지 않는다!"

들려오는 카르나크의 외침에 바로스는 실소를 흘렸다.

'하긴, 허풍 떠는 건 원래 전공이셨지? 잘하실 만도 하네.'

사령술사란 건 기본적으로 허세가 많이 들어가는 직종이다. 최대한 음침하고 사악한 분위기를 깔아 놓고 상대를 공포로 몰아야 효과가 커지는 술법인 탓이다.

왕년의 카르나크도 뭔가 있는 척 허풍 떠는 건 거의 습관화되어 있었다.

그 오랜 경험이 지금 빛을 발한다.

"덤벼라, 란돌프 경!"

한쪽 무릎만 꿇은 채 땅을 짚으며 검을 겨눈다! 어디까지나 그럴싸하게! 문외한이 보면 마치 원래부터 저런 기술이었던 것처럼!

그리고 온몸으로 주장하는 것이다.

나 쓰러진 거 아니다! 상대와 팽팽하게 싸우고 있는 거다!

그 용맹한(?) 모습에 관중은 감탄했다.

"오오오!"

"도련님이 저리 강하셨다니!"

기사들도 다른 의미로 감탄하고 있었다.

데벤토르 기사들은 카르나크의 분투에 경의를 표했고…….

"저 애송이 도령이 뭘 노리는 건지 알겠군."

"어차피 패배할 처지라면 최대한 가문의 명예를 지키려는 것인가?"

"비록 실력은 없지만 귀족다운 훌륭한 기개로다."

제스트라드 기사들은 숫제 눈시울을 적시고 있다.

'저런 분을 망나니 취급했었다니…….'

'나의 불찰이로다. 비록 실력은 없다 해도 주군으로 모시기에 부족함이 없는 분이거늘!'

실력이 없다는 것이 어찌 흠이 될까?

그의 정신만큼은 실로 기사다운 고결함을 지니고 있거늘!

---

주위의 평가와 달리, 당사자인 카르나크는 죽을 맛이었다.

'아오, 언제까지 이래야 하는 거야?'

란돌프가 바로스의 예상대로 움직여 주긴 한다.

덕분에 연습한 대로 버티고 있는 것도 사실이다.

하지만 그것도 정도껏이다. 고작 한 달의 벼락치기 훈련으로는 슬슬 한계다.

'언제쯤 기회가 오는 거야, 바로스?'

다행히도 란돌프의 인내심 역시 바로스의 예상 내였다.

'좋아, 이 정도면 결투는 충분히 무르익었다.'

끝내기로 마음먹으며 란돌프가 검을 가볍게 고쳐 쥐었다.

그 순간 바로스가 또 고함을 질렀다.

"도련님!"

'아, 지금이냐?'

반색을 하며 카르나크가 앞으로 돌진했다. 동시에 란돌프의 거구도 걸음을 내디뎠다.

순식간에 거리를 좁히며 란돌프가 뭔가 한다.

뭘 하냐고? 아까도 그랬지만, 여전히 카르나크가 알아볼 수 있는 수준은 아니다.

그냥 돌진하며 머릿속으로 수를 센다.

'하나, 둘, 셋!'

그리고 대뜸 바닥에 칼을 꽂는다!

타앙!

칼날과 칼날이 충돌하며 불꽃이 튀었다.

란돌프가 놀라 눈을 크게 떴다.

'이걸 막았다고?'

가볍게 시야를 희롱한 뒤 다리를 베어 버리려 했는데, 놀랍게도 상대가 전혀 현혹되지 않고 하단 참격을 정확히 막았다! 검술에 문외한이나 다름없는 생초짜가!

'이 무슨…….'

란돌프가 당황하며 주춤거리는 찰나였다.

'기회다!'

카르나크의 손놀림이 빨라졌다.

"타아앗!"

2단 올려 치기, 오버 킬.

하루 종일 죽어라 연습한, 미래의 무왕 레번 스트라우스의 절기가 허공 가득 빛을 뿌렸다.

두 줄기 검광이 허공을 찢는다.

섬뜩한 빛이 2개의 초승달을 그리며 란돌프의 정면으로 쇄도한다.

"……헉!"

기겁하며 란돌프는 몸을 틀었다. 이번엔 정말 허를 찔린 것이다.

그리고…….

"아!"

관중은 탄식을 터트렸다.

란돌프의 가슴팍이 살짝 찢어져 있었다. 사이로 붉은 핏방울이 송골송골 배어 나와 옷섶을 적신다.

빗나갔다.

그것도 좀 많이.

지켜보던 신관들이 고개를 저었다.

"저런……."

"아깝군."

혼신의 힘을 다한, 제대로 허점을 노린 참격이었다. 절기라 칭해도 모자람이 없는 대단한 기술이기도 했다.

하지만 기술의 숙련도가 낮아도 너무 낮았다. 정규 기사라면 무의식중에 피할 수 있을 정도로.

제스트라드 기사 1명이 허망하게 중얼거렸다.

"역시 기적은 없는 것인가……."

카르나크는 노력했다.

아침 일찍부터 수련에 임하고, 하루 종일 피땀을 흘리며, 자신들이 알던 왕년의 망나니라곤 전혀 생각되지 않을 정도로 노력에 노력을 거듭했다.

그에게 좋은 감정이 없던 이들조차 희망을 떠올릴 정도로 주어진 시간 동안 최선을 다했다.

하지만 그 결과는 고작해야 고양이가 할퀸 듯한 얄디얄은 자상 한 줄이 전부.

"하, 하하……."

실소하며 란돌프가 검을 들었다.

"제법이군. 네놈 수준에선 최선을 다했다고 봐도 되겠어."

기사들은 고개를 돌렸다.

이것이 현실이었다.

아무리 노력해도 압도적인 실력 차 앞에서는 아무것도 할 수 없는 것이.

"세상은 정말……."

기사 1명이 서글프게 중얼거렸다.

"잔혹하리만치 불공평하구나……."

바로스는 매우 만족하고 있었다.

'운이 좋군.'

정말 운이 너무 좋았다.

'이렇게까지 예상대로 흘러가기도 쉽지 않은데.'

세상이 불공평하다고? 대체 어디가?

카르나크가 한 달 동안 최선을 다해 노력했다는데, 정규 기사쯤 되면 누구나 그 정도 노력은 한다. 그것도 수십 년을.

하물며 상대는 데벤토르 최강의 기사, 란돌프 경이었다.

재능을 타고난 이가 어릴 적부터 혹독한 수행을 쌓아 저 위치까지 올랐다.

그런 이가 고작 하루 벼락치기 한 기술에 목숨을 잃게 된다면 오히려 노력이 헛되다는 증거이리라.

'아무렴, 저런 걸로 불공평하다고 하면 안 되지.'

바로스는 희미한 미소를 지었다.

'진짜 불공평한 건 지금부터인데.'

"아, 이거 참……."

란돌프는 어이없어하고 있었다.

"쥐 새끼도 궁지에 몰리면 고양이를 문다더니, 내가 그 꼴을 다 당하네?"

고작 카르나크 '따위'에게 일검을 허용했다. 추가로 살짝 피도 봤다.

별거 아니라면 별거 아닌 일이지만 란돌프에겐 충분히 짜증 나는 상황이었다. 분명 동료 기사들이 술 먹을 때마다 안주 삼아 떠들어 대리라.

"한동안 놀림거리가 되겠어, 젠장."

바로 마무리를 지으려던 차였다.

고개를 숙인 카르나크가 속삭이듯 작게 말했다.

"상대는 목숨을 걸었는데 고작 놀림당할 게 걱정인가? 미안한 기분 들 필요 없어서 좋군."
"음?"
순간 란돌프는 의아해했다.
'미안한 기분이라니? 누가 누구에게?'
카르나크가 씩 웃었다.
"실은 그게 무슨 기분인지 나도 잘 모르지만."
갑자기 란돌프의 전신에서 무엇인가가 솟구쳤다.
푸아아앗!
당황하며 그는 자기 자신을 돌아보았다. 살짝 찢어진 옷섶 사이로 검은 어둠이 터져 나온 것이다.
어둠이 순식간에 사방을 잠식하며 거대한 형상을 그린다.
"이, 이게 뭐야?"
기회를 틈타 카르나크가 검을 찔러 갔다.
"타아앗!"
물론 바로 걷어차였다.
아무리 상대가 패닉에 빠져도, 단련한 기사를 상대하기엔 어림없었다.
퍼억!
문제는 걷어차인 카르나크가 거의 5미터 넘게 날아가 버렸다는 점이었다.
"헉!"
관중 모두가 경악했다.

전신에 플레이트 메일을 걸친 성인 장정을 발 차기 한 방에 저렇게 날리다니?

이는 투기를 각성하지 않은 인간이라면 결코 보일 수 없는 괴력이다!

“뭐야, 저 힘은?”

“저 꺼먼 건 뭐고?”

“마치 악마의 형상 같은…….”

경악이 파도처럼 투기장 전체로 퍼져 나갔다.

한 신관의 외침이 울려 퍼졌다.

“사, 사령술이다!”

---

사방에서 외침이 들려온다.

“사령술?”

“저게 말로만 듣던 사령술이란 거야?”

“맙소사! 어찌 란돌프 경에게서 저런 사악한 기운이?”

란돌프는 극심한 혼란에 빠져 있었다.

‘사령술? 누가? 내가?’

사령술이라고? 이름만 들어 봤지 뭔지도 잘 모른다.

그런데 그게 왜 자신의 몸에서 이렇게 솟구친단 말인가? 힘은 또 왜 이렇게 늘어나?

검을 쥔 채 그는 정신없이 주위를 두리번거렸다.

"아니, 나는, 그게……."

하필 그 동작에 맞춰 검은 기운이 크게 솟구치며 흑색 날개를 만들고 칼날에 어둠을 덧씌운다.

시기적절하게 바로스가 소리를 질렀다.

"악마의 날개다! 저놈이 도망갈 셈이야!"

그제야 정신이 든 알리움의 신관들이 빠르게 움직였다.

"심판관들이여! 어서 저자를 포박하라!"

무장한 전투 신관들이 우르르 투기장 안으로 들어섰다. 원래는 결투 재판의 처형을 담당하기 위해 대기 중이던 이들이었다.

"알리움의 이름으로!"

"부정한 존재에게 정의의 심판을!"

사방에서 성광이 번뜩이고 창칼이 날아들었다.

혼란에 빠져 란돌프가 울부짖기 시작했다.

"으아아아아!"

검은 거인이 날뛴다.

"으아아아!"

그때마다 전투 신관들이 사방으로 날아간다.

한 번 쓸릴 때마다 수 미터 가까이 날아가는데, 결코 평범한 인간이 선보일 수 있는 광경이 아니었다.

"진정 사령술이로다!"

"이 악마 놈!"

사령술사에 대한 증오에 불타는 전투 신관들이 끊임없이 란돌프를 몰아붙였다.

정신없이 대검을 휘둘러 대며 란돌프는 울부짖고 또 울부짖었다.

"으아아아아!"

뭔데? 대체 뭐가 어떻게 된 건데? 왜 이런 일이 일어나는 건데?

억울하고 분통이 터져 뭔가 항변을 하고 싶은데, 머리가 마비되어 말이 잘 안 나온다.

그저 감정이 터져 나와 포효로 변해 흐를 뿐이다.

"으어어!"

하지만 그 발악은 오래가지 못했다.

잠깐 발작처럼 터진 검은 기운은 금방 옅어졌다. 동시에 란돌프의 괴력 역시 사라져 갔다.

"놈이 약해진다!"

"이 틈에 제압을!"

그럼에도 여전히 사로잡을 수는 없었다.

사령술이 아니더라도 란돌프는 원래 데벤토르 최강의 기

사였다. 본연의 힘을 앞세워 울분을 터트리며 멧돼지처럼 날뛰고 또 날뛰어 댔다.

"으아아아아!"

결국 전투 신관들은 제압을 포기하고 목표를 제거로 바꿨다.

사방에서 칼날이 란돌프의 급소를 노리고 날아들었다.

갑옷을 걸치지 않은 란돌프에게 그 모든 공세를 전부 막아낼 능력은 없었다.

칼날이 꽂히고 또 꽂혔다.

참격에 베이고 또 베였다.

"으아아악!"

처절한 단말마와 함께 그는 결국 투기장 한복판에서 목숨을 잃었다.

숨을 거두는 란돌프의 마지막을 지켜보며 카르나크는 쓴웃음을 지었다.

'이렇게까지 일이 잘 풀릴 줄은 몰랐는데?'

원래는 란돌프가 이 자리에서 제압당해 신전으로 끌려갈 줄 알았다.

그렇게 되면 실상이 발각될 위험이 있으니 그 전에 바로스보고 슬쩍 끼어들어 죽여 버리라고 했었는데…….

'저놈이 저렇게까지 제 성질 못 이기는 놈인 줄은 몰랐지. 뭐, 이해는 간다만.'

억울함이 골수까지 치민 란돌프가 선불 맞은 멧돼지처럼 날뛰는 바람에 이 자리에서 결판이 나 버린 것이다.

'그래도 할 건 해야지. 아이고, 아파라…….'

5미터나 날아갔으니 아무리 좋은 갑옷 입었어도 후유증이 장난이 아니었다.

바로스가 죽어라 굴린 덕에 제때 낙법을 쳤으니 망정이지, 안 그랬으면 어디 하나 부러졌을 수도 있겠다.

비틀거리며 몸을 일으킨 뒤 카르나크가 외쳤다.

"알리움의 신관이여! 결투 재판은 어찌 되는 것인가?"

란돌프의 시체를 둘러싼 채 혼란에 빠져 있던 신관들이 험악한 표정을 지었다.

'결투 재판이라니? 지금 그게 중요한가?'

'금기 중의 금기, 끔찍한 죄악의 씨앗이 발아하였거늘!'

그런데 생각해 보니 중요한 거 맞다.

무려 알리움의 이름을 건 신성한 재판이 아닌가? 확실하게 결론을 짓는 것 또한 성직자의 의무인 것이다.

애써 정신을 차린 심판관이 오른손을 들고 외치기 시작했다.

"데벤토르의 결투자는 씻을 수 없는 죄악을 들고 신성한 결투 재판에 임했다! 이는 감히 여신을 우롱한 끔찍한 처사이니!"

신관의 목소리가 투기장 가득 울려 퍼졌다.

"제스트라드의 결투자, 카르나크 남작의 승리를 선언하노라!"

환호는 없었다.

그저 적막만이 감돌 뿐.

모두가 공포와 경악 속에서 투기장의 시체를 말없이 지켜볼 뿐이었다.

데벤토르 자작가는 발칵 뒤집혔다.

가문의 기사가 사령술과 연관이 되었으니 구리 광산 따위가 문제가 아니었다.

알리움 교단 본산에서 직접 신관들을 파견해 자작가를 샅샅이 뒤졌다. 혹여 또 있을지 모를 사령술의 흔적을 찾기 위해서였다.

란돌프의 숙소 여기저기서 사령술 문양이 그려진 손수건, 사특한 주술 부적이 꿰매진 속옷 등이 발견되었다.

그가 추악한 어둠의 힘을 빌렸다는 명백한 증거였다.

란돌프의 여동생은 자신이 정체불명의 행상에게서 구입한 물건일 뿐이며 란돌프와는 아무 상관이 없음을 강력히 피력했지만, 이는 본인에 대한 의심마저 높이는 행동일 뿐이었다.

여동생이며 동료 기사들과 그 가족들, 하인이며 하녀까지 심문의 대상이 되었다.

지은 죄가 없으니 결국 의심을 거두긴 했지만…….

“꽤나 고초를 겪었다고 하더라고.”

카르나크의 설명에 바로스가 묘한 웃음을 지었다.

“란돌프 경 여동생인가 하는 아가씨에겐 좀 미안하네요. 아무것도 모를 텐데.”

말은 미안하다는데 표정은 별로 그런 것 같지 않다.

카르나크도 고개를 갸웃거렸다.

“이럴 땐 미안해하는 게 사람답게 사는 건가?”

“그렇지 않을까요? 대부분 그러는 것 같던데.”

억울한 사람들을 두 자릿수로 양산해 놓고 한다는 말이 고작 저거였다.

아무래도 이놈들은 인간 되려면 갈 길이 먼 것 같았다.

어쨌거나 카르나크는 유쾌하게 웃었다.

“아주 잘 풀렸어. 돌아오자마자 목숨 걸라기에 기겁했는데.”

신관들 앞에서 사령술을 쓰면 무조건 들킨다. 이건 사령술의 극의에 다다른 카르나크라 할지라도 당장은 어찌할 방법이 없다.

그래서 발상을 바꾼 것이다.

‘이왕 들킬 거, 쓰자! 대신 나 말고 란돌프가!’

어차피 먼 거리의 투기장 속 싸움이었다.

어차피 서로 얽힌 상태에서 터져 나오는 사악한 어둠이었다.

그 정도면 카르나크가 몰래 쓰고 란돌프에게 떠넘기는 속임수가 가능한 것이다.

"문제는 상대가 피를 흘려야 사령술을 자연스럽게 걸 수 있다는 거였는데, 고생한 보람이 있었지."

그간의 수행을 떠올리며 카르나크는 흐뭇해했다.

바로스가 문득 물었다.

"혹시 교단에서 의심하거나 하진 않을까요? 이런 수법을 도련님이 처음 쓰지는 않았을 거 아니에요? 예전에도 사령술사는 있었는데."

"내가 처음일걸."

"엥? 그래요?"

서로 근접한 상태에서, 자신의 힘은 숨긴 채 남이 사령술을 쓴 것처럼 보이게 한다?

"이런 고도의 운용은 지금의 나니까 할 수 있는 짓이야. 보통은 못 해."

심지어 왕년의 카르나크조차도 불가능했다.

사령왕이라 불릴 정도로 극의에 다다른 경험이 있었기에 가능했던 것이지.

"전례가 없으니 문제 되진 않을 거다. 다만……."

말하다 말고 카르나크가 살짝 안색을 굳혔다.

"좀 이해가 안 가는 부분은 있어."

"뭐가요?"

"일이 너무 잘 풀렸다는 거."

객관적으로 봤을 때 란돌프는 사령술의 힘을 빌릴 필요가 전혀 없는 인물이었다. 이미 기사로서 인정받고 있었으며 앞날도 창창하다.

반면 이 상황에서 가장 수혜를 많이 받은 이는 누가 봐도 죽음을 피한 카르나크다.

"아무리 전례가 없다 해도 이 정도면 나를 의심할 법하거든."

대놓고 의심하진 않는다 해도 검사 정도는 하는 게 정상이었다.

"그래서 일부러 사령력 감춰 놓고 심문받을 준비를 하고 있었는데……."

교단은 카르나크를 의심하지 않았다.

아니, 제스트라드 가문 쪽으론 아예 사람도 보내지 않았다.

마냥 데벤토르 자작가만 뒤엎을 뿐이었다.

"이건 뭐랄까, 란돌프 경이 사령술을 접한 걸 당연하게 여기는 것 같잖아?"

도무지 이해가 안 간다며 카르나크는 고개를 갸웃거렸다.

"왜지? 왜 란돌프 경같이 아쉬울 거 없는 사람이 사령술을 썼는데 아무도 그 상황을 의심하지 않는 거야?"

유스틸 왕국 북부 교구를 담당하는 알리움 교단의 게셀란 대신전.

한 중년 신관이 60대의 노인 앞에 부복해 있었다. 금박을 수놓은 화려한 법의를 걸친 노인이었다.

노인이 물었다.

"확실히 확인했는가? 이는 중대한 문제다. 티끌만 한 실수도 용납될 수 없음이야."

고개를 끄덕이며 중년 신관은 품에서 작은 유리병을 꺼냈다.

"제가 심문관의 위계를 받은 지 어언 3년입니다. 그동안 많은 경험을 쌓았지요. 그 경험을 통해 단언할 수 있습니다."

유리병 속에서 희미한 암흑이 잠시 꿈틀거렸다.

지극히 미약한, 그럼에도 여신을 섬기는 이라면 느끼지 못할 수 없는 기운이었다.

"결코 평범한 사령술사의 것이 아닙니다. 속성이 완벽하게 일치합니다."

확신을 담아 중년 신관이 또박또박 말을 이었다.

"여신께서 경고하신 초월자의 파편, 세계를 파멸시킬 죽음."

데벤토르의 기사, 란돌프의 시체에서 추출한 암흑을 내밀며 표정을 굳힌다.

"종말의 어둠이 틀림없습니다."

유리병을 받아 든 대주교가 탄식을 터트렸다.

"어둠의 권세가 어느새 여기까지 퍼졌단 말인가……."

# 파멸의 전조

결투 재판의 승리로 구리 광산은 확실하게 제스트라드 가문의 것이 되었다. 영지를 구한 카르나크 역시 영주의 자리를 굳힐 수 있었다.

잔치가 열렸다.

소와 돼지를 잡았고 영민들에게도 많은 술과 음식이 베풀어졌다.

이 즐거운 연회 속에서 특히나 눈에 띄었던 것은 '존경스러운 새 영주님'의 모습이었다.

"바로스!"

"네, 도련님!"

"소고기다!"

"돼지고기도 있어요! 소시지가 아니라 막 잡은 돼지고기가!"

"기름기가 자르르 흘러!"

"소스도 발려 있는뎁쇼!"

둘은 그야말로 감동의 눈물마저 흘리며 식사에 열중하는 모습을 보였다.

어찌나 진심으로 감격하는지 영민들이 도리어 당황할 정도였다.

"저렇게까지 기뻐하실 일인가?"

"물론 소고기가 귀한 음식인 것은 맞다만……."

일개 영민들에게 소와 돼지란 특별한 잔칫날, 1년에 한두 번 정도밖에 못 먹는 음식이다. 그것도 풍년 한정으로.

그러니 이들 역시 오랜만에 맛보는 소와 돼지의 맛 앞에서 충분히 감동하고 있었다.

하지만 저들의 반응은 너무도 과격한 것이다.

"귀족들은 고기 자주 먹지 않나?"

"그런데 꼭 수십 년 만에 처음 먹어 보는 것처럼……."

"에이, 그럴 리가 있나? 귀족인데."

진실을 모르는 영민들은 이렇게 생각할 수밖에 없었다.

"얼마나 혹독한 수행을 쌓으셨으면 저런 작은 것에 저리 기뻐하실까?"

"혹독할 만하지. 목숨을 거셨지 않은가?"

"사람은 정말 어찌 변할지 모르는 것이구먼."

다들 존경의 눈빛으로 새 영주 카르나크를 바라보았다.

한때는 망나니였던 이가 새사람이 된 것도 모자라 영지를 구하고 영민들의 미래까지 지켜 주었으니, 어찌 경의를 보이지 않을 수 있을까?

물론 카르나크는 별생각 없이 고기만 으적으적 씹을 뿐이었다.

"아, 맛있다. 근데 다들 왜 날 보지?"

"우리가 너무 많이 먹은 거 아닐까요? 더 먹으면 배탈 날지도."

"조심해야지, 귀한 몸인데."

하여튼 만사가 잘 풀렸다.

부자 가문의 주인이 되었고 영민들의 존경과 호의도 받고 있다. 그를 싫어하던 가족들은 알아서 자멸해 버렸다.

시공을 되돌려 회귀할 때 원했던 모든 목표가 이루어진 셈이다.

술잔을 부딪치며 카르나크는 싱글벙글 웃었다.

"이제 느긋하게 인생 즐기는 일만 남았다, 흐흐흐."

"그러게 말입니다요, 도련님. 헤헤헤."

환한 웃음으로 답하는 바로스였다.

결투 재판이 벌어진 지도 어언 3개월 뒤.

제스트라드 가문의 외부 연무장에서 한 무리의 기사들이 모여 눈앞의 대련을 지켜보고 있었다.

30대 중반의 기사와 20살 남짓한 청년의 대련이었다.

"조심해라!"

입으로 경고하며 30대의 기사가 참격을 날린다.

"예!"

청년도 신중하게 공격을 받아치며 반격에 나선다.

연신 칼날과 칼날이 오가며 한동안 치열한 검투가 이어졌다.

앳되어 보이는 외모와 달리 청년의 실력은 상당했다. 정규 기사를 상대로도 용케 밀리지 않는 것이다.

잠시 후, 호흡을 고르며 기사가 검을 거뒀다.

"후우, 여기까지 하자꾸나."

청년도 검을 거두며 꾸벅 고개를 숙였다.

"지도에 감사드립니다!"

땀을 닦으며 제스트라드의 기사, 발튼 경은 고개를 절레절레 저었다.

"이젠 거의 나와 대등한 수준이 되었구나."

눈앞의 청년, 바로스가 느닷없이 기사가 되겠다며 나설 때만 해도 다들 어이없어했다.
듣자 하니 델피아드 검투술을 얻은 카르나크와 함께 수행을 했다는데…….
'뛰어난 검술을 얻었다고 마냥 강해지는 게 아니라니까?'
'문외한들의 착각은 못 말리겠군.'
처음엔 너무 어처구니없어 비웃을 생각조차 들지 않았다. 그저 측은할 뿐이었다.
'적당히 두들겨 맞으면 금방 현실을 파악하겠지.'
그런데 고작 몇 달 만에 놀라울 정도로 실력이 쑥쑥 늘어난 것이다.
옆에서 지켜보던 고참 기사, 토레스 역시 혀를 내두르고 있었다.
"바로스, 네게 이 정도 재능이 있었을 줄이야."
기술 습득이 엄청나게 빠른 데다가 전투 감각도 나무랄 데가 없고, 아직 성장기라 하루가 다르게 신체 능력이 올라간다.
어마어마한 천재였다. 이런 시골에 묻혀 있기 너무 아까울 정도로.
'이 녀석, 실전이라면 슬슬 나도 감당할 수 없겠는데?'
그렇다고 대놓고 칭찬하면 오만해질지 모르니 토레스 경은 짐짓 엄숙하게 말을 이었다.
"하지만 자만하지 말거라. 재능을 타고난 전사가 경험 부족으로 참변을 당하는 건 흔한 일이다."

바로스는 순순히 고개를 숙였다.

"명심하겠습니다, 토레스 경."

물론 그는 아직도 실력 대부분을 숨기고 있었다.

진심으로 싸우면 이들, 제스트라드의 기사 5명 정도는 혼자서도 1분 안에 다 썰어 버릴 것이다.

애초에 란돌프 1명조차 감당 못 한 시골 기사들이 아닌가?

하지만 그것이 저들을 비웃을 이유는 아니다.

'실제로 내가 무슨 엄청난 천재인 건 아니지.'

자신이 이토록 빠르게 발전하는 이유는 왕년에 쌓은 어마어마한 전투 경험 덕분이지, 무슨 하늘이 내린 재능이 있어서가 아니란 걸 바로스는 잘 알고 있었다.

실제로 데스 나이트가 되기 전의 그는 잘해야 이류 기사, 투기도 채 각성 못 한 수준에 불과했다.

'이제 와서 도련님 도움 없이 나 혼자 투기를 터득할 수 있으려나 모르겠네. 뭐, 이론은 다 아니까 예전보다는 낫겠지 싶다만.'

어쨌든 바로스에 대한 평가가 엄청나게 올라갔다는 건 틀림없는 사실이다.

기사들이 호의가 가득 찬 눈으로 한마디씩 하기 시작했다.

"하여튼 대단하다."

"네 나이에 이 정도 실력이라니……."

"이런 재능을 가지고도 그동안 그런 망나니짓이나 해 댔단 말이냐?"

"아니, 그래서 오히려 이 정도의 싸움 감각을 익힌 걸지도 모르겠군."

그간 카르나크와 바로스가 망나니짓으로 욕을 많이 먹긴 했지만, 사실 그리 엄청난 사고를 친 것은 아니었다.

그냥 인근 도시 몰래 가서 술 마시고 도박하고 뒷골목에서 싸움질하는 정도가 전부였다. 돈이 없어서 여색은 밝히지도 못했다.

저 정도는 기사 자신들도 종종 하는 짓거리인 것이다.

그리고 아직 10대인 놈들이 벌써부터 '어른의 놀이'나 해 대며 뒷생각 없이 살면 망나니 맞긴 하지.

감회가 새로운 듯 토레스 경이 중얼거렸다.

"기쁜 일이다. 너도 그렇지만 도련님께서 그렇게 철이 드실 줄이야……."

그간 변모한 카르나크를 보며 의심하는 이들도 많았다.

아무리 영주가 되고 사람이 변했다지만 왕년의 망나니가 어디 가겠냐는 것.

하지만 그 의심은 눈 녹듯이 사라진 지 오래였다.

술 한 잔에 너무도 감동하는 모습을 다들 봤거든.

영혼까지 떠는 듯한 그 격한 감동은 틀림없이 술꾼이 최소 몇 년 이상 금주해야 겨우 나올 수 있는 표정이었다.

"확실히 자제하며 반주 정도로만 술을 드시더구나. 그 덕인지 도련님, 아니, 영주님께서도 몸이 많이 좋아지셨어."

토레스 경의 말에 바로스는 내심 고소를 지었다.

'그야 그렇겠죠.'

예전과 달리 카르나크는 육체 쪽도 신경을 쓰고 있었다.

딱히 기사가 되겠다거나 그런 건 아니었다.

그냥 건강의 중요성을 깨달았을 뿐.

무려 수십 년 동안이나 죽은 몸으로 지내 왔는데? 갖고 있던 그 모든 걸 포기하며 겨우 이 육신을 다시 얻었는데?

관용구가 아니라 실질적 의미로도 정말 '귀하신 몸'인 것이다.

무조건 건강이 최우선! 젊을 때 잘하자! 나이 먹고 몸 챙기면 이미 늦어! 내가 늦어 봐서 안다니까?

둘 다 몸에 좋은 것들 골고루 챙겨 먹고, 규칙적인 생활 하고, 운동 열심히 하면서 소중한 육신을 아끼고 다듬는 데 열중이었다.

"사람이 그렇게 변할 줄은 몰랐어."

"그러게 말이오. 독서에도 열중하시던데?"

"예전과 달리 여가의 대부분을 서재에서 보내고 계신다더군."

"전 남작님이 돌아가셨을 땐 눈앞이 캄캄했는데……."

새 영주, 카르나크를 떠올리며 기사들은 아련한 표정을 지

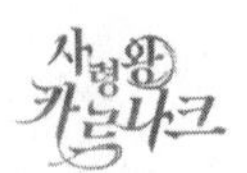

었다.

아, 이제 제스트라드 영지의 앞날은 밝게 빛나리라!

바로스만 내심 쓴웃음을 유지할 뿐이었다.

'서재에 처박혀 사시는 건 맞지. 댁들 상상처럼 독서에 열중하시는 건 아니겠지만.'

회귀 후 카르나크의 원래 계획은 대륙 곳곳의 보물을 챙기고 미래를 예지해 장사로 수익을 올려 자리를 잡는 것이었다.

이놈의 집구석은 도무지 답이 없을 정도로 몰락한 상태였으니까.

그런데 구리 광산의 존재로 돈 문제가 해결되어 버렸다.

동시에 대륙을 돌아다닐 이유도 없어졌다.

애초에 저 계획 자체가 적당히 힘 있는 지방 귀족이 되어, 튀지도 무시당하지도 않는 평안한 삶을 살기 위해서다.

이미 그렇게 되었는데 뭐 하러 영지 밖으로 뛰쳐나가 고생을 한단 말인가?

모험심? 젊은 날의 열정? 세상을 보고 싶다는 호기심?

이미 세상을 대여섯 번은 돌아다녔는데? 그 와중에 볼 거 다 보고, 심지어 못 볼 꼴도 다 봤는데?

하지만 그렇다고 게으름 피우며 놀기만 할 생각도 없었다.
구리 광산을 보유한 시점에서 데벤토르 자작가 같은 놈들이 또 나타날지도 모르는 것이다.
아니, 반드시 나타난다고 봐야 했다.
욕심만큼 인간을 움직이는 원동력은 없는 법.
영지를 지킬 최소한의 힘 정도는 지니고 있어야 했다.
하지만 사령술을 쓸 수는 없으니 세상에 드러내도 무방한 능력이 필요하다.
제스트라드 저택 2층에 위치한 커다란 서재.
창문 사이로 비치는 달빛 아래, 카르나크가 바닥에 앉아 명상에 잠겨 있었다.
"후우우……."
심호흡과 함께 정신을 집중해 사방의 기운을 긁어모은다.
깊은 밤의 어둠, 달빛의 음기, 희미한 부정의 기운 등이 그에게로 모이며 재가공된다.
잠시 후 카르나크는 눈을 떴다.
"좋아, 어느 정도 모였군."
그가 손가락을 들었다. 손끝에서 작은 불꽃 하나가 피어올랐다.
옆에서 지켜보던 바로스가 호기심을 보였다.
"어라? 사령술 특유의 그 느낌이 안 드네요?"
사령술이 발동할 때 풍기는 죽음의 기운은 평범한 인간이라도, 아니, 살아 있는 생물체라면 불길함을 느끼게 되어 있다. 다만 성직자들이 특히나 더 민감하게 감지할 수 있을 뿐이다.

그런데 지금 카르나크가 펼친 불꽃에선 그 느낌이 안 든다. 그냥 평범한 마법을 보고 있는 것 같다.

"색깔도 붉고. 보통 불처럼 보이는데요?"

"그렇겠지."

카르나크는 고개를 끄덕였다.

"이건 사령술에서 비롯되었지만 더 이상 사령술이 아니니까."

지금의 그에게 사령술은 더 이상 매력적인 힘이 아니다. 열심히 힘 키워 봤자 그 결말이 어찌 될지 뻔히 안다.

하지만 이제 와서 기사나 마법사, 혹은 성직자로 새 삶을 시작할 수도 없었다.

"원래 사령술은 일단 한번 익혀 버리면 돌이킬 수 없어."

"그건 저도 알죠. 사령술뿐만 아니라 다른 것도 마찬가지잖아요."

세상엔 인간의 힘을 초월하는 네 가지 방법이 있다.

생명력을 다루는 기사의 투기.

자연력을 다루는 마법사의 마나.

빛과 섭리를 따르는 성직자의 신성력.

마지막으로 사령술, 혹은 흑마술이라 불리는, 죽음과 어둠의 힘을 다루는 권능까지.

이 방식들의 공통점은 세상의 기운을 체내에 쌓아 권능으로 바꾼다는 점이다. 그리고 그 과정에서 시전자의 영혼과 육체는 자신이 선택한 방식에 최적화된다.

즉, 한번 선택해 버리면 끝이다.

마나를 다루는 마법사가 무예도 함께 익힌다?

얼마든지 가능하다. 팔다리 달렸는데 창칼을 못 휘두를 이유야 없으니까.

하지만 투기를 터득하는 건 불가능하다.

그의 영혼과 육체는 이미 마나의 속성으로 물들어 버린 후라, 아무리 노력해도 세상의 기운은 마나로만 쌓일 뿐인 것이다.

사령술 역시 마찬가지.

한번 검게 물들어 버린 영혼은 도로 하얗게 되지 못한다.

"뭐, 정확히 말하면 탈색이 되긴 해. 탈색 자체는."

문제는 지닌 기억이며 인격까지 함께 탈색되어 버린다는 점이었다.

애초에 저 기운을 힘으로 바꾸는 행위가, 스스로의 영혼과 육체를 새롭게 만드는 것이나 마찬가지다.

사령술을 익힌 오러 유저나 마법사, 성직자가 타락하는 이유이기도 하다. 기존의 힘을 잃고 심지어 성격마저 변해 다른 사람이 되어 버리니까.

그런 카르나크가 완전히 새 출발을 하려면 아예 사령술을 익히기 전으로 시공 회귀를 했어야 했다.

하지만 그것은 불가능한 일이었다.

회귀 주문 자체가 사령술이라는 공통점을 시공의 목표로 설정하는 방식인 것이다. 그 탓에 사령술을 익힌 이후로밖에 돌아올 수 없었다.

"바로스 너야 나한테 편승하는 식이라 데스 나이트가 되기 전으로 돌아오는 것이 가능했지만 말이야."

사령왕 시절부터 카르나크는 이 문제를 인지하고 있었다. 그래서 회귀 후 새 출발을 하기 위해 일찌감치 대처법도 준비해 두었다.

"그 결과가 이거다."

손끝의 불꽃을 흔들며 그는 자랑스레 웃었다.

"혼돈마력이라 이름 붙였지."

사령술사들은 왜 혐오와 경멸, 공포와 증오의 대상이 될까?

이건 이유를 고민할 필요조차 없을 만큼 명확하다.

사람이라면 해서는 안 될 짓만 골라 하니까. 그래야 강해지는 인간 말종들이니까.

그래서 모든 사령술사들은 최대한 정체를 숨긴다.

남들 앞에선 일부러 평범한 마법처럼 보이는 수법만 쓰고,

진짜 사악한 수법은 몰래 암약하며 사용한다.
그럼에도 신관이나 감 좋은 인간들에게 들키는 이유는?
간단하다.
사령술의 근원인 사령력 자체가 너무도 '더러운' 마력이기 때문이다.
죽음의 기운, 원한, 증오, 공포 등 세상의 모든 부정하고 사이한 탁기를 긁어모아 힘으로 바꾼 결과물이 바로 사령력이다.
살아 있는 존재라면 사령술이 발동되기만 해도 저절로 기피하게 된다.
썩어 가는 시체 근처에 가면 절로 눈살을 찌푸리며 코를 막게 되는 것처럼.
그런 사령력의 더러움을 씻어 낸다?
이는 제아무리 인류 역사상 최강의 사령술사였던 카르나크라도 어찌할 방법이 없었다.
사령술의 근본 자체가 부정한 기운을 다루는 것에서 출발하는데, 그 부정한 기운이 바로 혐오를 유발하는 것이다.
일단 썩히는 것부터가 시작인데 썩는 냄새는 나지 않아야 한다는 소리와 같다.
여기서 카르나크는 아이디어를 얻었다.
'잠깐, 원래부터 썩혀서 만드는 음식도 있잖아!'
발효라는 기법은 인류 역사에 얼마든지 사례가 있다. 당장

인간 시절 그리 좋아했던 술부터가 그렇고.

'더러움을 씻어 낼 수는 없지만, 더럽지 않다고 느끼게 할 수는 있지 않을까?'

이후 그는 사령력을 '발효'시킬 수 있을지에 대해 연구했다.

물론 음식을 썩힌다는 것은 어디까지나 비유일 뿐이니, 발효 과정을 실제로 사령술에 적용할 순 없다.

하지만 개념은 차용할 수 있는 것이다.

'부정한 기운을 토대로 가공된 사령력을 다시 한번 2차 가공한다면?'

몇십 년에 걸친 연구 끝에 결국 이론적 완성을 보았다. 그리고 살아 있는 육체로 돌아온 뒤 실제로 구현해 냈다.

"사령력에서 원한이나 증오 같은 부정한 감정을 걷어 내고 순수한 어둠과 죽음의 기운만을 남긴 뒤, 그걸 최대한 재가공해 자연스러운 마력에 가까운 형태로 변환한 거야."

카르나크가 주위에 몇 개의 불꽃을 더 피워 냈다.

역시나 사령술의 느낌은 전혀 들지 않는, 평범한 마력만 느껴지는 불꽃이었다.

장난스레 뇌까리며 카르나크는 빙그레 웃었다.

"마나 같지만 마나는 아닌데, 또 마나가 아니라고 하기엔 한없이 마나에 가까운 제3의 마력이라고나 할까?"

고개를 갸웃거리며 바로스가 물었다.

"그러니까, 잡다한 거 다 거르고 맛있는 술만 남긴다는 소린가요?"

"대충은? 정확한 비유는 아니지만."

"어쩐지…… 왜 도련님이 내내 서재에만 처박혀 계시나 했습니다. 예전엔 공동묘지 같은 음침한 곳만 찾아다니셨잖아요. 원한이 떠도는 전장이나."

"원래 사령술은 탁기가 짙을수록 위력도 강해지니까."

하지만 혼돈마력은 그런 탁기를 다 걸러 내야 한다. 그래야 순수한 죽음의 기운만 남겨 재가공할 수 있다.

"이젠 오히려 그런 곳을 피해 다녀야지. 괜히 일거리만 더 늘어나는 셈인데."

바로스가 어깨를 으쓱였다.

"저로선 다행이네요. 또 예전처럼 시체 파내야 되는 줄 알았는데."

시체만 파냈던가? 애꿎은 사람들 납치해서 고문하면서 영혼을 타락시켜 억지로 힘으로 바꾸기도 했었다.

"사람답게 살게 되었다는 실감이 나는데요."

"많이 착해진 것 같지?"

거짓말은 아니었다.

과거의 악행이 워낙 극심했다 보니, 이 정도면 착해진 것 맞긴 하지.

불꽃을 거두며 카르나크는 흐뭇해했다.

"이걸로 신관들 앞에서도 일반적인 마법사 행세를 할 수 있게 됐어."

란돌프와의 결투 재판 땐 시간이 촉박해 어울리지도 않는 기사 노릇을 해야 했다. 이제 그런 위험한 짓을 다시 할 필요는 없으리라.

문득 바로스가 다른 질문을 던졌다.

"그런데 이게 왜 혼돈마력이에요?"

설명을 들어 대충은 알겠는데, 아무리 봐도 혼돈이란 단어의 의미와는 아무 상관 없어 보인다.

"차라리 발효마력이라고 하는 게 맞지 않나?"

"그건 이름에 멋이 없잖아!"

"그게 다예요?"

"무시하지 마라, 이름 중요하다. 당장 사령술이란 명칭만 봐도 모르겠냐?"

과거에는 사령술사를 흑마법사나 흑마술사라 칭하기도 했다.

죽음의 힘을 다루는 게 사령술이고 어둠의 힘을 다루는 게 흑마술이다.

엄밀히 말하면 수법 자체는 좀 다르다. 하지만 두 수법의 근원된 기운은 거의 같은 것이다.

사령력은 죽음과 어둠의 힘, 흑마력은 어둠과 죽음의 힘 정도 차이밖에 없다.

"홍차에 우유 타나, 우유에 홍차 타나 똑같지, 뭘."

이렇다 보니 사령술 익힌 놈치고 흑마술 안 익힌 놈 없고, 흑마술 익힌 놈치고 사령술 안 익힌 놈 없다. 당연히 사령술사가 곧 흑마술사일 수밖에.

이 인식이 바뀐 것은 마법사들의 반발 탓이었다.

흑마술, 흑마법은 어쩐지 마법과 관련이 깊은 것 같은 뉘앙스다. 그에 비해 사령술은 전혀 상관없는 사악한 힘처럼 느껴진다.

마법사들은 고집스럽게 흑마술이란 단어를 없애고 사령술이라는 단어만을 세상에 퍼트렸다.

같은 이유로, 사령술사들도 스스로를 흑마법사라 칭하지 않았다.

사령술사들 입장에서도 자신들이 마법사의 하위 갈래로 인식되는 것은 자존심 문제인 것이다.

"이제 좀 이름의 중요성을 알겠냐?"

바로스는 진지하게 생각했다.

'전혀 모르겠는데요.'

하지만 더 따지진 않았다.

이해는 안 가지만, 본인이 좋다면 좋은 것 아니겠나?

"그럼 전 이만 가 보겠습니다, 수고하십쇼."

이 시대로 회귀한 지도 어언 반년이 지났다. 카르나크가 새 영주가 된 지 1년이 지난 시기이기도 했다.

두 사람 모두 충실한 하루하루를 보내고 있었다.

바로스는 매일같이 단련에 단련을 거듭하며 기사로서의 길을 걷는 중이었다.

출신이 워낙 미천해 아직 정식 서임을 받지는 못했지만, 이미 영지 내의 사람들은 그를 기사로 인정한 지 오래다.

누가 뭐래도 지금의 바로스는 명실공히 제스트라드 최강의 기사였다.

이젠 다른 기사들이 한꺼번에 덤벼들어도 감당이 안 될 만큼 그의 발전 속도는 놀라웠다.

단지 아직 대외적으로 명성을 떨칠 기회가 없어 알려지지 않았을 뿐이다.

정작 바로스 본인은 전혀 신경 쓰지 않았다.

'알려지지 않는 게 더 좋지.'

명성이 높다는 건 그만큼 전투를 많이 겪었다는 소리도 된다.

수십 년 동안 온갖 굵직한 전장에서 살아온, 종종 죽기도 했던 바로스에게 명성 따윈 관심 밖이었다.

'그보단 땀 흘리고 마시는 한 잔의 맥주가 더 소중해!'

오늘도 보람찬 개인 훈련을 마치고 땀투성이가 되어 한 잔 들이켰다.

"크아! 이거야말로 하루의 낙이지!"

맥주잔을 비운 뒤 바로스는 저택 훈련장을 나섰다. 우물가로 가서 땀을 씻을 생각이었다.

지나가던 하녀들이 상체를 탈의한 그를 보며 얼굴을 붉혔다.

"어머, 바로스다."

"쟤 요새 엄청 멋있어졌더라?"

멀대처럼 키만 컸던 예전의 그가 아니었다.

어깨는 딱 벌어지고 가슴팍은 들판처럼 드넓으며 등은 마치 소와 같고 팔다리는 꽉 찬 근육으로 약동한다.

과거와 달리 이젠 젊다고 함부로 몸을 굴리지 않는 것이다.

아무리 맛있어도 적당히 먹고, 아무리 귀찮아도 꾸준히 단련하며 이 '살아 있는 육신'이 계속 '싱싱하게' 유지되도록 최선을 다한다.

그런 바로스의 모습은 많은 이들의 귀감이 되었다.

혈기 넘치는 나이임에도 욕망을 자제하며 스스로를 단련하다니, 이 얼마나 바람직한 모습인가?

물론 그의 머릿속은 여전히 중년 사내에 가까웠지만.

'맥주 한 잔만 더 마시고 싶다. 그래도 참아야겠지? 무조

건 건강이 제일이야, 아무렴.'

제스트라드 저택 집무실.

카르나크는 평소처럼 업무는 진작 끝내 놓고 혼돈마력을 수행 중이었다.

열심히 마력 전환 중인데 밖에서 노크 소리가 들린다.

"간식 가져왔습니다, 도련님."

"들어와, 바로스."

기사 대접을 받는 위치인 만큼 이런 사소한 일은 이제 하녀들에게 맡겨도 되겠지만, 여전히 그는 충실하게 카르나크의 시중을 들고 있었다.

왜냐고?

접시를 테이블에 놓자마자 쌓인 과자를 슥 반으로 갈라 자기 앞에 놓는다.

"절반은 제 거죠?"

영주님이나 드시는 귀한 과자를 남들 앞에서 먹을 순 없으니 시중 핑계 대고 나눠 먹는 것이다.

"그래, 먹어라, 먹어."

연신 과자를 입에 넣으며 마냥 행복해하는 두 사람이었다.

"아, 달다."

"으아, 맛있다."

과자는 순식간에 동났다. 카르나크가 아쉬워하며 중얼거렸다.

"조금만 더 먹으면 안 되나? 과자 살 돈이 없는 것도 아닌데."

바로스가 바로 제지했다.

"살찝니다."

"난 원래 살 안 찌는 체질인데?"

"그게 더 문제예요. 날씬한 사람이 배만 볼록 나왔을 때가 제일 위험하다니까요?"

한창 젊은 두 사람이 고작 과자 몇 개 더 먹는다고 무슨 큰일이야 나겠냐마는 세상 좀 오래 산 이들이라면 누구나 알고 있다.

저런 사소한 걸로 시작해 정신 차리고 보면 어느새 몸 망가져 있는 게 세상 이치인 법이라는 걸.

"그래, 나 자신을 믿지 말자. 제일 못 믿을 게 나 자신이더라."

미련을 버리며 카르나크는 과자 접시를 물렸다.

뒷정리를 하며 바로스가 물었다.

"마법 쪽 수련은 잘되어 가요?"

"슬슬 마법사로 사람들 앞에 나서도 될 것 같아."

기사로서 결투 재판에 나섰던 카르나크지만 그렇다고 계

속 기사 노릇을 할 수는 없다.

그래서 사람들 앞에서 말을 번복했다.

"내게 기사의 길은 맞지 않는다. 그러니 이제부터는 마법사의 길을 걷겠다!"

놀랍게도 그에겐 델피아드 검투술 말고 다른 인연도 있었던 것이다.

"델피아드 검투술을 익히기 위해 산속에서 수행하던 중 위대한 유산을 발견했다. 바로 150년 전 명성을 떨친 궁정 마법사 달라스의 마법서다!"

"오오! 영주님께 그런 행운이!"

제스트라드 가문 사람들은 카르나크의 선택을 딱히 이상하게 여기지 않았다.

다들 결투 재판을 지켜본 바가 있는 것이다.

분명 카르나크는 굳건한 정신력과 투지, 귀족다운 기개를 보여 주었다. 참으로 자랑스러운 영주님이었다.

그런데…… 그래서 싸움을 잘하셨나?

'문외한의 눈으로 봐도 좀…….'

'솔직히 재능은 없으시더라.'

'마법사로 대성하실 수 있으면 그게 최고지!'

무려 일국의 궁정 마법사의 마법서라지 않는가? 어쩌면 제스트라드 가문에서 초일류 마법사가 나올지도 모른다!

"궁정 마법사의 마법서를 얻어서 마법 실력이 쑥쑥 올라갔다. 전혀 이상하지 않은 이야기잖아?"

카르나크의 말에 바로스는 한쪽 눈을 치켜떴다.

"그렇죠, 그렇긴 한데……."

궁정 마법사의 마법서? 그딴 거 없다는 걸 누구보다 잘 아는 게 바로 그다.

"달라스가 누구예요? 실제로 존재하는 사람이긴 합니까?"

"진짜로 유명한 사람 맞아. 그러니까 내가 이름을 갖다 썼지."

달라스는 정말로 150년 전 명성을 떨쳤던 마법사였다. 그렇기에 아직도 이름이 전해져 내려오는 것이다.

"그럼 진짜 달라스의 후예가 나타나거나 하면 어쩌려고요? 궁정 마법사의 유산이면 문제 생길 수도 있을 텐데요."

"안 생겨."

"확실해요?"

"확실해. 달라스는 제자도 남기지 않았고 마법서 같은 것도 쓰지 않았어. 연관될 일 자체가 없다."

"어떻게 그렇게 확신하시는데요?"

과연 카르나크에겐 자신만만해할 근거가 있었다.

"본인이 알려 줬으니까. 바로스 너도 아는 작자거든."

"엥?"

"왜, 네크로피아 남부 관리하라고 보낸 아크 리치 기억하지?"

잠시 기억을 더듬던 바로스가 눈을 크게 떴다.

"뎀피스 총독요?"

"응. 그 양반 인간일 때 이름이 달라스야."

"150년 전의 마법사라면서요? 어떻게 우리랑 같이 놀고 있었대요? 시간대가 안 맞는데."

"바라칸트 산맥에서 유적 하나 발굴한 건 기억나?"

"네."

"거기서 마법사 뼈다귀 발굴해 가공한 다음 영혼 강령시켜서 아크 리치 만들었잖아. 그 양반이야."

"아……."

진짜로 존재하던 마법사로부터 진짜로 그가 쓰던 고유 마법을 배워(정확히는 정신 지배 걸고 강제로 뜯어낸 것이지만) 혼돈마법 술식으로 바꿔 놓았다.

"마법사로 행세할 충분한 근거가 되지, 후후후."

물론 이 정도로 사령왕 시절의 그 엄청난 권능을 되찾는 건 불가능하겠지만…….

"무슨 상관이야? 다시 세계를 정복할 것도 아닌데."

영지를 지킬 수 있을 정도, 혹시 생길지도 모를 사고에 대처할 수 있을 정도의 힘이면 충분하다.

"그 힘으로도 감당 못 할 진짜 큰일이 생기면 어쩌시려고요?"

"애초에 그런 큰일에는 끼어들지 말아야지."

100년 넘게 살아 보고 깨달은 사실이 있다.

큰 힘에 큰 책임이 따르는 건지는 잘 모르겠다.

하지만 큰 힘에 큰 사건이 따르는 건 확실하다. 이건 겪어 봐서 안다.

"무조건 콕 처박혀서 쥐 죽은 듯이 살 거야! 절대 세상사에 끼어들지 않을 거라고!"

주먹까지 쥐어 가며 카르나크는 각오를 다졌다.

그것이 오산이었음이 밝혀진 것은 대략 3개월 후의 일이었다.

제스트라드 영지의 구리 광산을 실질적으로 관리하는 이는 테카스 상회다. 채굴, 정제, 유통의 대부분을 그들이 맡고 있다.

그렇다고 제스트라드 남작가가 가만히 앉아 불로소득만 받아먹고 사는 것은 아니었다.

제덴 산맥 북부 깊은 곳에 위치한 탓에 광산 주위에서는 온갖 마수와 사나운 맹수가 출몰하곤 했다. 이 위험으로부터 광부들의 안전을 지키고 길을 확보하는 것이 제스트라드 가문의 주요한 임무였다.

구리 광산 서쪽의 한 숲속.

10여 명의 병력이 전투를 벌이고 있었다.

"놈들이 온다!"

"대열을 유지해!"

마수들이 병사들을 노리고 덤벼든다.

얼핏 커다란 잿빛 늑대처럼 보이지만 비정상적으로 긴 이빨과 발톱을 지닌 마수, 스네롤이었다.

스네롤 무리가 병사들을 포위하며 포효를 터트렸다.

아우우우!

방패를 내세워 진영을 유지하며 병사들도 소리를 질렀다.

"버텨!"

"창을 찔러!"

날카로운 발톱이 방패를 긁는다. 창날이 번뜩이며 허공을 가른다. 피가 튀며 마수의 비명이 숲을 흔든다.

크아아아!

병사들이 환호를 터트렸다.

"한 놈 죽였다!"

"정신 차려! 아직 많이 남았어!"

전투를 지켜보던 바로스가 감탄을 흘렸다.

"이야, 다들 잘 싸우네?"

스네롤의 신체 능력 자체는 일반적인 늑대와 크게 차이가 없다.

놈들이 마수로 분류되는 이유는 이빨과 발톱에 깃든 맹독 탓이다. 스치기만 해도 전신이 마비되니 상대하기가 극히 까다롭다.

'예전엔 저 스네롤 무리만으로도 참 많이 죽었는데.'

그런데 지금은 대부분의 병사들이 스네롤을 잘도 상대하고 있었다.

딱히 병사들의 평균 실력이 과거보다 높아져서는 아니었다.

'역시 돈이 좋긴 좋구만.'

광산의 수입으로 영지의 무장 수준이 크게 올라간 덕분이었다.

구리 광산이 없던 시절엔 기사들조차 체인 메일과 플레이트 메일을 섞어 입어야 했다.

병사들은 저급한 가죽 갑옷, 혹은 그조차도 없어 창과 방패만 들려 내보내기도 했다.

반면 지금은 병사들도 죄다 체인 메일에 강철로 만든 팔과 다리 보호대를 섞어 입고 있다.

기사들은 무려 풀 플레이트 메일, 그중에서도 특히나 비싸다는 강철 건틀렛까지 착용 중이다.

이빨과 발톱에 긁혀도 중독될 염려가 적으니 한껏 용맹하게 싸울 수 있는 것이다!

"죽어, 이 마수 놈들!"

"덤벼, 이 개자식들! 이젠 우리도 물려도 부담 없다, 이 말이야!"

"아니, 그래도 물리면 안 되지! 정통으로 이빨 박히면 갑

옷도 뚫리는데."

난전을 벌이는 병사들의 모습에 바로스가 실소를 흘리던 차였다.

병사 1명이 다급히 고함을 터트렸다.

"바로스 경!"

그를 노리고 스네롤 한 마리가 덤벼든 것이다.

순식간에 거리를 좁힌 마수가 바로스의 머리통을 노리고 앞발을 휘두른다.

그때였다.

검광이 번뜩이며 오히려 덤비던 스네롤의 머리통이 허공으로 날아올랐다.

병사들이 경악해 눈을 크게 떴다.

'뭐야?'

'무슨 일이 일어난 거야?'

딱히 화려한 검술을 펼친 것도 아니다.

그냥 한 발자국 몸을 틀며 어깨를 돌렸는데, 어느새 칼날이 저편에 가 있다. 베는 동작조차 보지 못한 것이다.

검에 묻은 피를 털어 내며 바로스가 정중히 고개를 숙였다.

"위험할 뻔했네요. 감사합니다, 길리먼 아저씨."

"아, 예……."

길리먼이라 불린 병사가 멍한 표정을 짓다가 황급히 고개를 저었다.

"아저씨라뇨, 이젠 기사님이 아니십니까? 말씀 편히 하십쇼, 바로스 경."

순박한 얼굴로 뒷머리를 긁으며 바로스가 웃었다.

"제가 기사 된 지 얼마나 됐다고 아저씨한테 반말을 찍찍 해요? 그게 더 이상하지."

최근 바로스는 정식으로 기사 서임을 받았다. 카르나크가 영주의 권리로 직접 임명해 준 것이었다.

반대는 전혀 없었다.

실력이 워낙 출중한 데다 그간 영지를 지키며 공도 많이 세웠고, 평소 행실도 모범적이다.

당장 지금만 봐도 저토록 놀라운 무위를 떨쳤음에도 자랑하는 기색이 없지 않은가?

바로스의 어린 시절을 생생히 기억하는 다른 병사들은 그저 감탄할 뿐이었다.

'저렇게 젊은 나이에 저 정도의 강함을 지녔는데 겸손하기까지 하다니.'

'저게 정말 그 망나니 바로스가 맞나?'

'사람이 저렇게까지 변할 수도 있구만.'

실은 너무 하찮은 상대라 자랑거리라는 인식 자체가 없는 것이었지만 어쨌건 겉보기엔 차이가 없다.

그 와중에도 바로스는 남은 스네롤 무리를 척척 처리해 갔

다.

카아악!

이윽고 마지막 한 놈이 단말마를 터트리며 대지 위로 피를 뿌렸다.

"이걸로 다 처리했군요."

병사들이 뒷수습을 시작했다.

마수의 가죽이며 이빨, 발톱은 마법의 촉매로 제법 비싸게 팔린다. 이를 수거하는 것도 병사들의 좋은 부수입거리다.

그러는 동안 바로스의 부관 격인 고참 병사, 톨레일이 다가와 인사를 건넸다.

"수고하셨습니다, 바로스 경."

"여러분이야말로 고생이 많으셨지요."

"그나저나 걱정이군요, 스네롤이 이렇게까지 강력한 마수는 아니었는데."

"그런가요?"

"예전에 비해 최소 2배 이상 강해졌습니다. 바로스 경도 느끼시지 않았습니까?"

바로스는 뚱한 표정을 지었다.

'애들이 약해졌는지 강해졌는지 내가 어떻게 알아?'

전생에서 처음 스네롤을 조우한 건 막 사령술을 익힌 카르나크와 죽어라 도망치던 시절이었다.

아무것도 모르는 애송이일 뿐이었으니, 당연히 스네롤은

지옥에서 온 마수쯤 되는 줄 알았다.
이후 다시 스네롤을 상대할 땐 이미 데스 나이트였다. 손가락으로 가리키기만 해도 펑 터져 죽는 놈들이었다.
'격차가 너무 크다 보니 지금 이놈들이 강한 건지 약한 건지 감이 안 오네.'
물론 대놓고 저렇게 얘기할 순 없으니 슬쩍 말을 돌린다.
"전 얼마 전까지만 해도 감히 이런 싸움에 껴 보지도 못한 놈 아닙니까? 여러분처럼 경험이 많지 않으니 잘 모르죠."
"그건 그렇군요."
납득하며 톨레일이 말을 이었다.
"확실히 마수들의 상태가 변했습니다. 바로스 경이 워낙 강하고 우리 무장 수준도 올라가서 무리 없이 상대했을 뿐입니다."
이는 유스틸 왕국 북부에만 국한된 일이 아니었다. 대륙 전역에서 점점 마물과 마수의 창궐이 잦아지며 그 위험 또한 나날이 커지고 있었다.
"역시 소문이 사실인 듯합니다."
바로스의 표정이 진지해졌다.
그 역시 톨레일이 말한 소문이 무엇인지 들은 바 있다.
"그…… 세상이 파멸한다는 여신의 신탁 말입니까?"

몇 년 전, 대륙의 모든 교단이 발칵 뒤집어지는 사건이 발생했다.

세계를 지키고 인류를 가호하는 위대한 여신들이 일곱 교단에 동일한 신탁을 내린 것이다.

공허가 입을 열어 허락되지 않은 운명을 토하니.

이는 빛을 지우는 어둠이요, 생명을 거두는 죽음이로다.

환란이 오리라.

그릇된 짐승이 그릇된 힘을 얻고 죽은 자가 다시 일어나 부정한 대지를 걸으리라.

죽음의 왕이 내려와 세상을 피와 눈물로 씻을지니.

이는 곧 파멸을 알리는 종언이 되리라.

파멸의 신탁을 접한 성직자들은 경악했다. 그리고 대륙 각국에 이 사실을 은밀히 알리며 환란에 대비하기 위해 애썼다.

과연, 대륙 전역에서 이변이 일어나기 시작했다.

마수들의 창궐이 더욱 잦아지고, 그릇된 힘을 사용하는 사령술사의 출몰이 빈번해지며, 평범했던 이들이 어둠에 물들어 사악한 힘을 떨치며 세상을 어지럽혔다.

처음엔 신탁의 존재를 숨기고 비밀리에 대처하려 했다. 사람들이 공포에 질려 민심이 어지러워지는 걸 방지하기 위함이었다.

하지만 이는 도저히 감출 수 없는 비밀이었다.

점점 혼란은 커져만 갔으니 온갖 유언비어가 나돌기 시작했다.

결국 일곱 교단은 여신의 신탁을 공표하기에 이르렀다.

『이대로라면 세상은 파멸한다! 여신의 이름으로 종말에 대항해 싸우라!』

파멸의 신탁이 빠른 속도로 대륙 전역을 강타했으니, 결국 시골구석인 제스트라드 영지까지도 소문이 퍼지게 된 것이다.

제스트라드 저택 집무실.

바로스와 카르나크가 머리를 맞댄 채 인상을 쓰고 있었다.

"이거 뭡니까, 도련님? 예전엔 저런 신탁 같은 거 없었잖아요."

"없었지."

"그런데 구리 광산도 그렇고, 왜 자꾸 과거가 바뀌는 거래요?"

심각한 표정으로 카르나크가 고개를 저었다.

"모르겠다. 유추할 정보 자체가 너무 적어."

바로스가 미심쩍은 듯 물었다.

"……도련님이랑 뭔가 관련이 있는 건 아니고요?"

환란이 온다? 죽은 자가 되살아난다? 죽음의 왕이 세상을 피와 눈물로 씻는다? 세계가 파멸의 길을 걷는다?

"이거 완전히 우리가 했던 짓이잖아요?"

"네가 봐도 좀 그래 보이긴 하지?"

그 역시 비슷한 생각을 해 보지 않은 것은 아니었다.

"하지만 시간대가 안 맞아. 우리가 돌아온 건 고작해야 1년 전이잖아."

여신의 신탁이 내려진 건 몇 년 전이라 했다. 정확한 시기는 모르지만 적어도 두 사람이 시공 회귀한 시점보다는 훨씬 이전이다.

"대충 4~5년 전인 거 같거든."

존재치도 않았던 구리 광산이 갑자기 생긴 시기와 얼추 비슷하다. 어쩌면 이 역시 관련이 있지 않을까 싶다.

"덕분에 란돌프 경 문제를 왜 그리 쉽게 넘어갔는지는 알았다만."

몇 년 전부터 대륙 곳곳에서 사령술을 접하는 이들이 종종 나오곤 했다는 것이다.

핍박받는 천민이나 뒷골목의 범죄자 정도가 아니다.

멀쩡한 기사며 마법사, 때론 고위 귀족마저 타락하여 어둠의 힘을 쓰다 발각되는 일이 점점 잦아지고 있다.

“그래서 란돌프 경 사건도 흔한 일인 줄 알고 넘어간 모양이더라고.”

“그건 우리에겐 다행입니다만…….”

걱정스러운 얼굴로 바로스가 따지듯 물었다.

“상황을 알아봐야 하는 거 아닙니까? 세계가 멸망한다잖아요!”

설령 자신들과 상관없는 사태라 해도, 사태 자체가 거창하다는 점에는 변함이 없다.

“기껏 사람답게 살려고 돌아왔는데 세상 자체가 파멸해 버리면 무슨 의미가 있어요?”

“나도 걱정은 되지만, 당장은 방법이 없다니까?”

카르나크가 쏘아붙이며 되물었다.

“지금 상황에서 어쩌라고? 신탁 내렸다는 7여신교라도 찾아가 보자고?”

“혼돈마력 덕분에 정체 안 들키신다면서요?”

“찾아가서 뭐라 할 건데? 우리가 시공 회귀한 놈들이라 미래에 대해서 좀 아는데, 지금 역사가 달라졌습니다. 왜 그런지 좀 알려 주십시오. 이렇게 물을까?”

바로스의 어깨가 축 늘어졌다.

"그, 그건 좀 아닌 것 같네요."

잠시 적막이 흘렀다.

먼저 침묵을 깬 것은 카르나크의 은근한 목소리였다.

"별문제는 없지 않을까? 파멸에 대비하라고 여신님들께서 무려 경고까지 해 주셨잖아."

"그렇죠? 세상이 그렇게 쉽게 파멸하겠어요? 도련님이야 몰래 힘 키워서 야금야금 몰아붙였으니까 성공한 거지."

"그러고도 우리가 세계 정복하려고 얼마나 고생을 했는데? 세상 만만치 않았어."

"정말 만만찮았죠. 3인의 대마법사도, 4대 무왕도, 용황제 그라테리아도."

왕년의 사령왕과 왕년의 데스 나이트 로드는 서로를 바라보며 애써 웃었다.

"걔들이 알아서 잘하겠지?"

"아무렴요. 저 죽음의 왕이란 게 설마 도련님만큼 악랄하겠어요?"

결론이 났다.

세상의 저력을 믿자!

위대한 인류는 분명 알아서 환란을 잘 극복할 것이다!

위대한 용족과 위대한 요정족과, 뭐, 하여튼 위대한 기타 등등도 분명 힘을 합칠 것이다!

그러니 신경 끄고 우리는 자기 앞가림만 하며 소소하게 살자!

……그래 봤자 찜찜하긴 마찬가지지만.

'아, 씨, 불안한데…….'

'무시하다 엿 될 것 같은데요, 이거.'

아무리 영지에 콕 처박혀 산다 해도 세상의 풍파란 그리 쉽게 피할 수 있는 것이 아니다.

북부 시골인 제스트라드 남작가에도 파멸의 신탁은 영향을 끼쳤다.

소문이 퍼진 지 한 달쯤 지난 어느 날, 태양의 여신 라티엘 교단의 성직자들이 영지를 찾아와 협조를 요청한 것이다.

"차드 백작령에서 암약하던 사령술사 하나가 이곳 제스트라드 남작령까지 도망친 정황이 발견되었습니다. 아무래도 제덴 산맥 인근에 숨어 있는 듯하니, 카르나크 남작가의 협조를 구합니다."

카르나크는 흔쾌히 승낙했다.

"여신의 성무를 어찌 거부할 수 있겠습니까?"

라티엘 교단의 요구는 인근 지리를 잘 아는 현지 안내인 몇 명을 빌려 달라는 것뿐이었다.

품은 조금 들고 생색은 크게 낼 수 있는 일이었다. 마다할 이유가 없었다.

카르나크 개인으로서도 마침 좋은 기회였다.

'잘됐군. 그놈을 붙잡으면 뭔가 실마리를 잡을 수 있을지도 모르겠어.'

# 종말의 어둠

어둠이 짙게 깔린 산속.

횃불을 든 10여 명의 추격대가 숲속을 헤집고 있었다.

"이쪽! 이쪽이다!"

"놈을 찾았다!"

불빛이 숲속에 숨은 사내를 비췄다. 30대 정도로 보이는 볼품없는 인상의 사내였다.

사내가 음침하게 중얼거렸다.

"벌써 쫓아왔나……."

추격대가 그를 포위하며 검을 뽑았다.

포위망 사이로 태양의 문장을 새긴 갑옷 차림의 기사가 모습을 드러냈다.

"타락한 사령술사여."

라티엘 교단의 성전사였다.

"순순히 무릎을 꿇고 여신 앞에 용서를 구할지어다!"

"크으……."

주위를 두리번거리던 사내가 갑자기 악귀 같은 포효를 터트렸다.

"으아아아!"

어둠이 사내 주위에서 일어 올랐다.

성전사가 긴장하며 소리쳤다.

"조심하라! 놈이 또 악령을 부린다!"

어둠이 검은 악령 다섯 개체로 화해 포위망으로 향했다.

하지만 병사들은 당황하지 않았다. 이들은 이미 저 악령과의 전투 경험이 있는 것이다.

"소용없다!"

"우리에겐 라티엘의 가호가 있음이니!"

병사들이 왼손으로 태양신의 수호 부적을 내밀며 오른손으로 검을 찔러 가기 시작했다.

원래대로라면 칼날 따위 무시할 악령들이 타격을 받아 흐릿해진다.

사방에서 펑펑 하는 폭음이 울린다.

수호 부적의 가호가 병사들의 검에 영체 타격의 권능을 실은 것이다.

그러나 악령들도 쉽게 쓰러지진 않았다.

연신 흔들리면서도 병사들의 발을 묶은 채 귀곡성을 토해 낸다.

아아아아아!

그 틈에 사내가 다시 도주를 시도했다. 성전사가 고함을 터트리며 몸을 날렸다.

"놓칠 성싶으냐!"

순간 사내가 양손으로 땅을 짚었다.

"나와라! 악령이여!"

세 줄기 어둠이 또다시 솟구쳐 악령으로 화했다.

사방에서 날아드는 악령들을 보며 성전사가 검을 고쳐 쥐었다.

"아직도 이 정도 힘이 남아 있었나?"

이내 장검의 칼날이 빛을 발하며 악령들을 베어 갔다.

"타아앗!"

태양의 여신 라티엘을 섬기는 성직자의 권능은 정녕 사령술과 상극이었다.

그가 저 악령 셋을 모조리 베어 넘기는 데 걸린 시간은 고작 10여 초에 불과했다.

하지만 사내가 도망가기엔 충분히 긴 시간이기도 했다.

어느새 숲 저편으로 사라져 버린 상대를 보며 성전사가 이를 갈았다.

"흥! 멀리 가진 못할 것이다, 더러운 사령술사 놈!"

정신없이 산길을 질주하며 사령술사, 프레드는 이를 갈았다.

"빌어먹을 여신의 개들 같으니……."

반년 전까지만 해도 그는 차드 백작령 북부 교역 도시, 데라트 시티 뒷골목에 살던 막노동꾼이었다.

고달픈 삶이었다.

하루 종일 짐을 나르고 날라도 손에 쥐는 것은 잔돈푼뿐.

투박한 음식으로 허기를 채우고 마구간만도 못한 곳에서 잠드는 일상, 그나마 즐거움이라곤 싸구려 독주로 뇌를 마비시키는 것이 전부인 인생이었다.

그날도 프레드는 평소처럼 술에 취해 뒷골목에 쓰러져 있었다.

"빌어먹을…… 더러운 세상……."

귀족들은 그저 좋은 집안에서 태어났다는 이유만으로 평생 고생을 모르고 사는데 왜 내 인생은 이럴까?

"차라리 죽을까……."

밤하늘을 올려다보며 입버릇이 되어 버린 한탄을 내뱉을 때였다.

뒷골목의 어둠이 갑자기 확장해 그를 덮쳤다. 암흑이 그를 휘감고 전신으로 스며들기 시작했다.

"어, 어어?"

처음엔 공포에 질렸다. 하지만 공포는 이내 사라졌다.

상황이 무섭지 않아서가 아니라, 무서움이라는 감정 자체가 마비되는 듯한 느낌이었다.

동시에 깨달았다.

"이건……."

그것은 힘이었다.

권능이자 어둠이며 죽음이었다.

알려 준 이가 없음에도 불구하고 저절로 알 수 있었다.

대륙의 모든 교단이 소리 높여 외치는 바로 그것, 파멸의 신탁이 가리킨 바로 그 종말의 권능이 자신을 감싸고 있다는 것을.

"아아아……."

시체처럼 굳은 채 프레드는 신음을 흘렸다.

어둠의 지혜가 영혼에 직접 스며든다.

소리 없는 진실을 전하며 선택을 강요한다.

외면한다면 어둠은 떠날 것이다. 그리고 다시 일상으로 돌아가게 될 것이다.

원한다면 힘을 얻을 수 있다. 그리고 그 대가로 인간의 길을 벗어나게 된다.

―선택하라.

―선택하라.

―선택하라…….

'인간의 길을 벗어나?'

그는 코웃음을 쳤다.

'내가 언제는 인간 취급을 받아 보기나 했나?'

선택은 너무도 쉬웠다.

고민 없이 어둠을 택했고, 힘의 사용법도 저절로 알게 되었다.

방법은 의외로 간단했다.

간절히 바라면 된다. 바라면 어둠이 피어오르며 뜻대로 움직이는 악령이 된다.

악령을 부려 자신을 괴롭히던 토목 길드장부터 죽였다. 평소 자신을 얕보던 뒷골목 건달들도 죽였다.

신기하게도 살인은 두렵지 않았다. 뒷감당이 좀 걱정됐을 뿐이었다.

다행히 들키지 않았다.

악령은 소리 없이 나타나 목숨을 앗아 가고 흔적 없이 사라지는 존재였다.

아무도 살인범이 그임을 눈치채지 못했다.

점점 범행은 과감해졌다.

부잣집에 잠입해 모조리 죽였다. 금품을 훔치고 윤락가로 향해 그 돈을 펑펑 쓰며 사치와 향락도 누렸다.

조금만 생각이 있었다면 그 생활이 오래가지 못할 것임을 알았을 것이다.

초반에야 정체가 들통나지 않았다 해도, 계속해서 살인이 일어나는데 사람들이 그냥 두고 볼 리가 없다.

이미 일곱 교단은 파멸의 신탁에 대비해 대륙 곳곳의 이상 현상을 감시하고 있지 않은가?

하지만 프레드는 거기까지 생각이 미치지 않았다. 그저 쾌락을 즐기는 데만 열중할 뿐이었다.

결국 태양의 교단 심문관들이 데라트 시티에 파견되었다.

그들은 이내 프레드의 정체를 파악하고 맹렬히 추격해 오기 시작했다.

일반인이라면 얼마든지 죽일 수 있었던 악령이지만 신관들 상대로는 힘을 쓰지 못했다.

신성력의 가호를 받은 기사와 병사를 상대로 그가 할 수 있는 것은 그저 목숨만 부지한 채 도망치는 길뿐이었다.

차드 백작령을 떠나 북쪽으로 향해 도주하고 또 도주했다.

도망자 생활은 혹독했다. 짐승처럼 숲속을 헤매며 추위와 굶주림에 시달려야 했다.

그럼에도 그는 어둠을 택한 것을 후회하지 않았다.

그저 억울해할 뿐.

"내가 왜 이런 꼴이 된 거지……."

수풀 사이에 숨어 프레드는 손톱을 깨물었다.

"젠장, 힘이 더 있었더라면……."

자신이 저지른 죄악에 대해선 눈곱만큼도 생각하지 않는다.

그저 약하기 때문에, 추격자들을 모조리 죽일 만큼 강하지 못하기에 겪는 일이라 여길 뿐이다.

"더 강해져야 해……."

숲의 어둠 속에서 사내는 악귀처럼 웃었다.

"그래, 여기서만 잘 도망치면 돼."

눈앞의 위기만 벗어나면 된다.

그럼 더 많이 죽이고, 더욱더 힘을 키울 수 있다.

저런 놈들 따위 단번에 죽여 버릴 절대적인 어둠의 힘을!

"두고 보자, 그땐 모조리 죽여 버릴 테니까!"

궁지에 몰린 지금도 그는 여전히 힘에 취해 있었다.

제덴 산맥 북쪽의 황무지로 이어지는 한 산길의 길목.

길 주위에 한 무리의 병력이 은신해 있었다. 라티엘 교단 추격대였다.

전원 불도 켜지 않은 채 어둠 속에 숨어 소리 없이 대기한다.

얼마나 기다렸을까?

40대의 신관 1명이 옆을 돌아보며 작은 목소리로 중얼거렸다.

추격대의 우두머리, 로소 신관이었다.

“놈이 정말 이쪽으로 오겠소?”

길 안내 역을 맡은 제스트라드의 병사가 진지한 표정으로 고개를 끄덕였다.

“십중팔구는 그럴 겁니다. 제덴 산맥에서 인간이 오갈 수 있는 길은 극히 한정되어 있거든요.”

과연, 길 저편에서 희미한 소리가 들리기 시작했다. 누군가의 발소리였다.

잠시 후 달빛 아래 인간의 그림자가 모습을 드러냈다.

잔뜩 곤욕을 치른 듯, 남루하기 그지없는 복장의 사내였다.

사내가 주위를 두리번거리며 계속 길을 달린다.

이윽고 그가 은신한 길목까지 다가왔을 때였다.

‘지금!’

로소 신관의 신호에 따라 추격대의 마법사가 양손을 교차했다.

“사방을 밝히는 빛, 루미스 라이트!”

광구가 떠올라 주위를 환하게 밝혔다.

파아아앗!

"어엉?"

갑작스러운 사태에 프레드가 눈을 가리며 주춤거렸다. 그 틈에 은신해 있던 추격대가 포위망을 전개한다.

다시 눈을 뜬 그가 주위를 둘러보며 욕설을 내뱉었다.

"젠장! 함정이었나?"

그 모습을 지켜보며 로소 신관은 흡족해했다.

"역시 지도 백 번 보는 것보다 현지인의 안내 한 번 받는 것이 낫군."

포위망은 점점 좁아지고 있었다.

이번에야말로 확실하게 붙잡겠다는 듯, 결코 서두르지 않고 도주로를 차단하는 데만 전력을 다한다.

추격대를 노려보던 프레드가 갑자기 악을 써 댔다.

"붙잡힐 것 같으냐?"

그의 얼굴에 검붉은 혈관이 눈에 띄게 드러난다.

"내겐 위대한 어둠의 권능이 있다!"

정식으로 사령술을 배운 것이 아니니 주문 따위 외우진 않는다. 사실 아는 주문도 없고.

그냥 이를 악물며 힘을 끌어낼 뿐.

"으아아아아!"

어둠이 일어나 수많은 악령으로 변했다.

거의 스물에 가까운 숫자였다. 프레드도 사력을 다한 것이다.

"가라, 악령들아! 모조리 죽여 버려!"
병사들은 당황하지 않았다.
"흥! 이놈이 마지막 발악을!"
"어림없다!"
"모두 수호 부적을 꺼내라!"
훈련받은 대로 진영을 취하며 착실히 대응한다.
신관들의 가호가 깃든 창칼이 악령 무리를 연신 찌르고 베어 간다.
"아, 안 돼……."
프레드는 공포에 질렸다. 기껏 부른 악령들이 차례로 소멸하고 있었다.
꺄아아아아!
아아아악!
악령들의 비명 속에서 그는 이를 악물었다.
이대로라면 진다.
이대로라면 붙잡혀 화형대로 향하게 된다.
'그럴 순 없어!'
갑자기 그가 눈을 까뒤집었다. 눈동자가 사라지고 흰자위가 안구를 점령하며 시뻘건 안광이 쏟아져 나왔다.
"으아아아아!"
프레드의 발밑에서 반투명한 형체가 솟구친다.
너울거리는 창백한 유령이 검은 옷자락을 흩날리며 귀곡

성을 떨친다.

꺄아아아악!

여유롭던 로소 신관의 안색이 급격히 굳어졌다.

'저건!'

회색빛 형체가 병사들을 휩쓸어 갔다. 그들이 들고 있던 라티엘의 수호 부적이 일제히 터져 나갔다.

"헉!"

"수호 부적이!"

유령이 연신 병사들을 누비며 기이한 소음을 낸다.

마치 뱀이 기어가는 듯한 요사스러운 음향과 함께 병사들이 하나둘 쓰러지기 시작한다.

"으악!"

"아아악!"

신관들은 경악했다. 신성력을 아무리 쏘아 내도 유령의 기운을 흩을 수가 없었다.

"레, 레이스(wraith)다!"

"맙소사! 저 정도 악령을 불러낼 수 있는 고위 사령술사였나?"

길목이 내려다보이는 산 능선의 한 언덕.

두 사람이 전투를 지켜보고 있었다. 어둠 속에 몸을 감춘 카르나크와 바로스였다.

"하이고, 막무가내로 날뛰는구만."

경악한 신관들과 달리 카르나크는 한심해하는 표정이었다.

레이스를 부를 정도의 고위 사령술사라고? 저게 어디가?

"사령술의 사 자도 모르는 놈이잖아."

제대로 된 사령술사라면 정확한 언령과 술식을 통해 효율적으로 레이스를 불렀을 것이다.

그런데 저건 그냥 어둠의 힘을 마구 때려 부어 간신히 하나 소환한 게 전부다.

"하긴, 이래서 사령술이 쉽게 힘을 얻을 수 있긴 하지."

마법사라면 정확한 주문과 운용 없이는 마법을 쓸 수 없다.

그냥 마력만 때려 붓는다?

기운만 빠지고 끝이다.

마법이 발동되거나 하는 일 따위 절대 없다. 지식과 지혜가 반드시 필요한 것이다.

하지만 사령술은 다르다.

무식하게 사령력을 퍼부으며 악만 써 대도 어느 정도 결과가 나온다. 효율이 너무 나빠서 그렇지.

게다가 소환된 레이스 자체는 크게 다를 게 없다.

무식한 놈이 무식하게 힘을 펑펑 써서 비효율적으로 소환하건, 강력한 사령술사가 정해진 규칙에 따라 극히 효율적으로 소환하건 부리는 악령 자체는 같으니까.

'즉, 사령력만 치면 지금의 나보다는 높다는 건가?'

옆에서 바로스가 조심스레 물었다.

"어쩌실 겁니까, 도련님? 저쪽이 우리보다 먼저 발견해 버렸는데."

"그러게. 너무 유능한 안내인들을 붙였나?"

원래는 몰래 움직여 라티엘 교단보다 먼저 저 사령술사를 확보할 셈이었다.

그런데 빌려준 제스트라드의 병사들이 의외로 뛰어나, 제대로 함정을 파고 사령술사를 유인해 버렸다.

"저대로 붙잡히면 곤란한 거 아니에요?"

"곤란할 것까진 없고."

저 사령술사가 교단에 사로잡히면?

영주의 권한을 이용해 잠시 심문할 기회를 노리면 된다.

저 사령술사가 저 자리에서 죽어 버리면?

강령술을 이용해 죽은 영혼을 불러서 심문하면 된다.

상황이 꼬여도 어떻게든 대처할 방법은 있는 것이다.

하지만 역시 제일 쉬운 건, 직접 저자를 확보해 안전한 곳에서 느긋하게 심문하는 것일 터.

잠시 후 바로스가 눈을 빛냈다.

“어라? 도망친다. 역시 저 수준이면 레이스 따위로도 먹히나 보네.”

저 멀리, 레이스를 날뛰게 한 뒤 길 반대편으로 도망치는 프레드의 모습이 보였다.

“일이 편해지는군.”

카르나크가 턱짓을 했다.

“우리도 움직이자.”

프레드는 어두운 수풀 사이를 헤치며 나아가는 중이었다.

‘산길은 피해야 해.’

아무리 멍청한 그라도 몇 번이나 걸리고 나니 알게 되었다. 길을 따라가면 결국 추격대에 따라잡히고 만다는 사실을.

현명한 행동이라 할 순 없었다.

어두운 숲에서 길을 벗어나는 것은 지극히 위험한 행위다. 특히나 악령을 다룰 줄만 알 뿐 신체 능력이 일반인이나 다름없다면 더더욱.

그렇다고 어리석다 할 수도 없었다.

길 따라가면 어차피 걸리는데? 지금의 그에겐 선택지 자체가 없는 것이다.

험한 숲을 헤치며 간신히 발 디딜 만한 장소를 찾아 계속 움직인다.

그나마 다행인 건 악령을 이용하면 앞을 가로막는 수풀 정도는 처리할 수 있다는 점이었다.

"파괴하라!"

악령이 솟아올라 눈앞의 수풀을 모조리 쓸어버린다.

그렇게 길을 만든 뒤 프레드는 무거운 걸음을 옮겼다.

'여기만 벗어나면…….'

계속된 체력과 사령력 소모로 육신은 지칠 대로 지쳤다. 추위와 굶주림으로 정신조차 몽롱하다.

마치 좀비처럼, 그는 멍하니 중얼거렸다.

"여기만…… 여기만 벗어나면 돼……."

카르나크와 바로스는 숲속을 달리는 중이었다.

"이쪽으로 도망쳤군."

프레드가 도주한 경로를 정확하게 찾아, 헤매는 일 따위 없이 곧바로 쫓아간다.

그럴 수 있는 이유가 있었다.

"쯧쯧, 도망칠 땐 함부로 사령술을 쓰면 안 된다니까."

조금만 정신을 집중해도 악령이 남긴 흔적이 느껴지는 것이다.

일반인은 알아채지 못하겠지만 카르나크에겐 눈부시게 빛나는 이정표나 마찬가지였다.

"이러니 라티엘의 신관들이 우리 영지까지 쫓아왔지."

이 정도 사령력이면 성직자 입장에서도 파악하기 어렵지 않다. 눈부시게 빛날 정도는 아니겠지만 꽤나 확실한 흔적 정도는 된다.

"하긴, 그 사실도 모르고 있겠지만."

왕년의 자신도 똑같은 실수를 했으니 멍청하다고 타박하기도 애매했다.

이 일대는 전생의 카르나크와 바로스가 도망 다녔던 바로 그곳이었다. 그 장소를 지금 또 다른 사령술사가 쫓겨 다니고 있는 것이다.

"이거 참 남 일 같지 않네."

과거의 자신이 떠올라 아련한 기분이 든다거나 하는 그런 인간적인 이야기는 아니다.

저런 기분을 느낄 정도로 카르나크에게 공감 능력이 있었으면 애초에 사령술 같은 사악한 술법을 익히지도 않았겠지.

"남 일 같지 않다 보니 어디로 도망칠지도 대충 알겠군."

인근 지리를 살피며 카르나크가 물었다.

"이 방향으로 좀 더 가면 거기 나오지?"

이해한 바로스가 고개를 끄덕였다.

"아, 거기 말이죠?"

여기서 10여 분 정도 떨어진 개울가에 갈라진 절벽 하나가 존재한다.

갈라진 틈이 지그재그로 꺾여, 불을 피워도 빛이 새어 나가지 않으며 환기는 잘되는 기막힌 은신처였다.

카르나크가 회심의 미소를 지었다.

"추위에 떠는 도망자라면 절대 그냥 지나칠 수 없는 장소지."

당시의 두 사람과 마찬가지로 프레드 역시 추위와 굶주림으로 지칠 대로 지친 상태다. 불을 피우고 온기를 느끼고 싶은 생각이 절실하리라.

그러나 함부로 불을 피울 순 없다. 한밤중의 불빛은 정말 멀리서도 보인다.

그렇다고 사령술로 검은 불꽃을 피워 몸을 덥힌다거나 하기도 힘들다.

그건 불을 피우는 대신 팔굽혀펴기를 해서 몸을 덥히자는 소리랑 똑같다. 잠시 몸은 데워지겠지만 기력은 더 크게 소모될 뿐이다.

이런 상황에서 저런 훌륭한 은신처를 과연 무시하고 지나칠 수 있을까?

"해 뜰 때까지 숨어 있겠지. 그때의 우리처럼."

"놈이 거기를 미처 발견 못 하고 지나치면요?"

"그땐 다시 추적하는 거지. 확인해 봐서 손해 볼 건 없잖아."

"하긴 그러네요."

절벽의 위치는 이미 알고 있다.
둘의 발걸음이 점점 빨라졌다.
"서두르자. 재수 없게 신관들이 먼저 붙잡기 전에."
"네, 도련님."

* * *

비좁은 절벽 틈새에서 모닥불이 타오른다.
타닥타닥…….
흔들리는 불빛 너머로 프레드는 몸을 웅크린 채 잠들어 있었다.
잠시나마 행복한 꿈을 꾼다.
꿈속에서 평소 귀족이라며 오만을 떨던 놈들이 비명을 지르며 죽어 간다.
"아아아악!"
평소엔 자신을 거들떠도 안 보던 미녀들이 무엇이든 하겠다며 목숨을 구걸한다.
"사, 살려 주세요!"
고민된다.
그냥 죽일까, 범하고 죽일까?
"으헤헤헤……."
프레드는 잠결에 미소를 지었다.

참으로 즐거운 시절이었다. 그 시절이 다시 오면 얼마나 좋을까?

그때, 꿈을 부수는 목소리가 들려왔다.

"오, 정말 여기 있네요, 도련님."

"주위에 감시 결계도 안 쳐 놓았어? 배짱도 좋다."

흠칫 놀라며 프레드는 눈을 떴다.

'누, 누구지?'

목소리는 절벽의 틈새 저편에서 들리고 있었다.

"그냥 할 줄 모르는 게 아닐까요?"

"그렇겠네. 제대로 배운 놈이 아니니."

잠이 확 달아났다.

'그새 추격당했나!'

기겁한 프레드는 밖으로 뛰쳐나갔다.

이 절벽 틈새는 뒤가 막혀 있다. 여기 갇혀 버리면 도망조차 못 치게 된다.

허겁지겁 개울가로 나오니 두 사내가 태연한 표정으로 그를 노려보았다.

"생각보다 멀쩡하게 생겼는데요, 도련님?"

"사령술사라고 막 끔찍한 괴물처럼 생기란 법은 없잖아."

"도련님은 푸르딩딩한 해골바가지였는데요?"

"야! 그러는 넌 푸르딩딩한 시체 근육남이었거든!"

"그러니까 제 말은, 우린 둘 다 끔찍한 괴물이었다 이 말이죠."

"그러니까 내 말은, 저놈이 별거 아니라는 거지. 사령술사가 멀쩡하게 생겼다는 건 그만큼 약하단 소리잖냐?"

프레드는 혼란에 빠졌다. 저들의 대화를 도저히 이해할 수가 없었다.

"네놈들은 뭐냐?"

"뭐겠냐?"

카르나크는 피식 웃었다.

"너 잡으러 온 사람들이지."

하긴 그렇다. 현 상황에서 다른 이들이 그에게 볼일이 있을 리 없지 않은가?

"이놈들이 감히!"

조롱당한 프레드가 분노하며 어둠을 불러냈다.

"나와라, 악령이여!"

어둠이 응집해 악령 두 개체로 화했다. 하지만 바로 공격하지는 않았다.

알 수 없는 불길한 느낌이 든 탓이었다.

'젠장! 이놈들 뭐야? 왜 이런 기분이 드는 거지?'

검을 뽑아 들며 바로스가 앞으로 나섰다.

"제가 처리할까요?"

"그래. 나도 이참에 연습 좀 하자."

카르나크가 오른손 검지를 들어 가볍게 원을 그렸다.

"영체를 타격하는 검, 스펠 블레이드."

바로스의 칼날이 희미한 백색으로 빛나기 시작했다. 유령 같은 무형의 존재를 벨 수 있게 해 주는 마법이었다.

성직자만큼 강력하진 않아도 마법사 역시 비슷한 수법을 쓸 수 있는 것이다.

물론 카르나크의 그것은 또 조금 달랐지만.

"느낌 어때? 마법 같아?"

"비슷하긴 한데 뭔가 좀 다르네요."

정확히는 스펠 블레이드와 같은 효과를 내는 혼돈마법이다. 겉보기엔 똑같지만 술식이나 마력 운용이 좀 다르다.

"오히려 성직자들의 축복 같은데요? 성스러운 느낌은 전혀 없지만."

"축복 같은 거 받아 본 적도 없으면서 어떻게 알아?"

"남이 받는 건 지겹게 봤잖아요. 대충 비교는 할 수 있죠."

"그렇군. 사기를 걸어 내면 마법보다 신성 주문에 더 비슷해지나? 이건 좀 신기하네."

프레드는 차분히 상황을 살폈다.

여전히 저놈들의 대화는 이해할 수 없었지만, 이것 하나는 확실했다.

"마법사였나……."

신관들이 본능적으로 사령술을 인식할 수 있듯이, 사령술사들도 본능적으로 신성력을 인식할 수 있다.

저 건방진 젊은 놈에게선 신성력이 느껴지지 않았다.

"여신의 개들이 아니라면……."

순간 프레드의 표정에 안도의 빛이 스쳐 지나갔다.

성직자만 아니면 된다.

평범한 기사나 마법사는 이미 몇 명이나 죽여 본 적이 있다!

자신감이 돌아온 프레드가 의기양양하게 외쳤다.

"하하, 가소롭도다! 고작 두 놈이 감히 이 몸을 상대하려 하느냐?"

여전히 둘은 비웃을 뿐이었다.

"우와, 민망해라. 어디서 저런 말투를 배워 온 거야?"

"도련님 예전 말투인데요?"

"내가 예전에 저랬어?"

"엄청 비슷합니다요. 사령술 익히면 원래 저렇게 되나?"

"……닥치고 저놈이나 잡아."

시건방을 떨다 못해 진동시키고 있는 두 놈을 노려보며 프레드가 악을 썼다.

"가라, 악령들아! 모조리 죽여라!"

악령들이 괴성을 떨치며 좌우로 날아든다.

아아아아!

위치를 파악하며 바로스는 검을 들어 자세를 취했다.

우선 오른쪽을 먼저 공략한다.

"헛!"

짧은 호흡과 함께 찌르기, 그리고 곧바로 사선으로 베어 올린 뒤 감아 치듯이 몸통을 크게 갈라낸다!

콰앙!

폭음과 함께 뭐 해 보지도 못하고 악령 하나가 그대로 소멸되었다.

"쉽구만."

그러고도 바로스는 멈추지 않았다.

악령을 해치운 기세를 그대로 실어 왼쪽 놈에게 돌진한다.

악령이 몸을 부풀리며 어둠으로 그를 덮으려 할 때였다.

"흥!"

코웃음을 치며 바로스가 순식간에 이단 올려 베기를 시전했다.

2개의 초승달이 빛을 발하며 순식간에 악령이 갈기갈기 찢겨 나갔다.

레번 스트라우스의 절기, 오버 킬이었다.

바로스가 양손을 내려다보며 입맛을 다셨다.

"쩝, 도련님 연습시키다 내가 먼저 손에 익어 버렸네."

놀란 프레드가 두 눈을 크게 떴다.

"내 악령들이 이렇게 쉽게?"

긴장하며 다시금 어둠을 끌어 올린다.

"제법 믿는 구석이 있었구나! 하지만 내 힘은 이게 전부가 아니다!"

거대한 암흑이 사특한 기운을 퍼트리며 개울가 전체를 뒤덮어 갔다.

"와라! 나의 종들이여!"

또다시 무수한 악령들이 여기저기서 모습을 드러냈다. 무려 십여 개체에 달하는 숫자였다.

"또 저거야? 레퍼토리가 빈약한 양반이군."

이번엔 카르나크도 전투에 합류했다.

우선 바로스가 악령 무리 사이로 뛰어들어 거침없이 찌르고 베어 간다.

"헙! 타아앗!"

그 틈에 카르나크의 마법이 이어진다.

"불이여, 응축하여 폭발하라."

화염구가 연신 악령들을 두들겨 불사르고…….

"하늘의 포효가 대지로 흐르나니."

뇌전이 춤추며 어둠을 찢어발긴다.

콰! 콰! 콰콰콰!

폭음이 이어지며 점점 더 악령의 숫자가 줄어들기 시작했다.

검을 휘두르다 말고 바로스가 감탄하며 고개를 끄덕였다.

"오, 진짜 마법사 같습니다요, 도련님."

흡족한 듯 카르나크도 웃었다.

"그렇지? 구별 안 되지?"

프레드의 표정이 더더욱 구겨져 갔다.

'가, 강한 놈들이다…….'

이래서야 아무리 악령을 많이 불러낸다 한들 상대가 될 리 없었다.

보다 강력한 존재를 불러내야 했다.

'젠장, 그건 한 번 쓰면 후유증이 심한데!'

그렇다고 쓰지 않으면 이대로 붙잡힐 뿐.

각오를 굳힌 프레드가 악귀 같은 표정을 지었다.

"좋다! 네놈들에게 진정한 죽음의 힘을 보여 주마!"

양손을 머리 위로 올리며 그가 두 눈을 붉게 빛냈다.

"위대한 어둠 앞에 무릎 꿇을지어다!"

"우와, 저 말투도 도련님이랑 똑같……."

"닥쳐, 바로스."

"넵!"

끔찍한 귀곡성과 함께 회색빛 악령이 출몰했다.

프레드가 부릴 수 있는 최강의 사령, 레이스였다.

꺄아아아아!

과연 레이스쯤 되니 저들도 긴장하는 듯했다.

바로스가 뒤로 물러서며 진지하게 말했다.
"저건 아직 제 역량으론 무립니다."
카르나크 역시 비슷한 표정이었다.
"내 마법으로도 무리야. 지금 우리 수준으론 이 정도네."
물러서는 둘을 보며 프레드가 오만하게 소리쳤다.
"이제 와서 용서를 구해도 늦었다! 가라, 악령이여!"
명에 따라 레이스가 어둠을 가르며 회색빛 형체를 길게 늘어뜨렸다.
꺄아아아아아!
귀곡성이 천지를 뒤흔든다. 가공할 음기와 사기가 사방에 흩뿌려진다.
죽음 그 자체가 형상화된 듯한 끔찍한 광경이었다.
순식간에 레이스가 카르나크의 눈앞까지 날아들었다.
그때였다.
"야."
레이스를 노려보며 카르나크가 심드렁하게 뇌까렸다.
"꿇어."
날아드는 기세 그대로 레이스가 바닥을 기었다.
끼이이이…….
마치 왕에게 부복하듯 얌전히 카르나크 앞에 무릎을 꿇는다.
아니, 사실 무릎은 없으니 그냥 하체 구기고 땅바닥에 깔렸다고 하는 쪽이 옳으리라.
프레드의 입이 쩍 벌어졌다.
'뭐, 뭐야, 저게?'

프레드는 고함을 질렀다.
"일어나라, 악령이여!"
목에 핏대가 서도록 외치고 또 외친다.
"내 명령에 따라 저놈을 죽여라!"
레이스는 요지부동이었다.
말 잘 듣는 강아지처럼 카르나크의 발치에 납작 엎드린 채, 정말 미동도 하지 않았다.
프레드를 바라보며 카르나크가 툴툴거렸다.
"왜 자꾸 악령이라고만 하는 거야? 레이스라는 엄연한 명칭이 있는데."
검을 허리에 차며 바로스가 대꾸했다.
"배우지 못했으면 그럴 수도 있죠."
애초에 프레드는 정식으로 사령술을 익힌 게 아니다. 그냥 한순간에 어둠의 힘을 얻고 본능적으로 휘둘렀을 뿐이다.
머릿속에 그냥 악령, 많은 악령, 더 센 악령, 이 정도 개념밖에 없는 것이다.
"레이스도 악령의 일종 맞잖아요? 틀린 말 한 건 아니지 싶은데."

"듣는 내 입장에선 엄청 오그라들거든!"
저걸 일반인 감각으로 바꿔 보자.
어느 지휘관이 병사들에게 이렇게 명령한다.
'가라, 인간이여!'
'모두 죽여라, 사람들아!'
얼마나 어색하겠는가? 사령술사 입장에선 딱 이런 느낌인 것이다.
카르나크가 표정을 구겼다.
"병신 짓은 저놈이 했는데 왜 보는 내가 부끄럽냐? 젠장……."
문득 프레드의 눈빛이 바뀌었다.
"저 힘은……."
마법을 사용할 때의 카르나크에겐 아무 느낌도 없었다.
하지만 지금은 다르다. 전신에서 지독한 사기와 음기가 흘러나온다.
"네놈도 사령술사였구나!"
"그걸 이제 알았나? 어지간히 둔한 놈이군."
혼돈마력으로는 사령술을 쓸 수 없다.
하지만 카르나크에겐 혼돈마력을 정제하고 남은 사기와 탁기가 여전히 남아 있었다. 극도로 농축된 사령력인 셈이었다.
물론 총량 자체는 지극히 적다. 사령력만 따지면 프레드의 십분지 일도 채 안 된다.

하지만 용량을 제외한 모든 부분에서 압도적으로 우위에 있는 것이다. 레이스 정도는 제압하기 충분할 만큼.

프레드가 억울하다는 듯 소리쳤다.

"같은 사령술사끼리 돕고 살지는 못할망정 교단의 개가 되었단 말이냐!"

그러자 카르나크와 바로스가 눈을 휘둥그레 떴다. 정말 얼토당토않은 소릴 들은 듯한 반응이었다.

"지금 뭐? 사령술사끼리 돕고 살아?"

"와, 저거 진짜 최소한의 상식도 없네요?"

"저렇게 순진한 사령술사라니, 이거 신선한데."

사령술사는 죽음과 어둠을 먹고 사는 존재.

이 죽음과 어둠에는 같은 사령술사의 존재도 포함된다. 아니, 오히려 엄청난 영약이나 마찬가지다.

이렇다 보니 사령술사끼리 사이좋게 지내는 일 따윈 결코 있을 수 없었다.

상대를 죽이고 기운을 먹어 치우거나, 아니면 강력한 금제를 걸어 노예처럼 부리거나 둘 중 하나뿐이지.

"확실히 세상이 변하긴 했군. 저런 헛소리를 하는 사령술사라니."

"우리 땐 적어도 지식 없이 사령력만 얻는 경우는 없었으니까요."

프레드는 조심스레 눈치를 보았다.

'이놈들…….'

레이스를 제압하며 압도적인 우위를 차지했기 때문일까?

이미 그를 다 잡은 사냥감인 것처럼 대하며 저희끼리만 떠들고 있다.

'그렇다면…….'

갑자기 프레드가 등을 보이며 맹렬히 달리기 시작했다. 놈들이 떠드는 틈에 도주할 셈이었다.

"얼씨구, 도망치려고?"

카르나크는 굳이 쫓지 않았다.

왜 그가 프레드를 다 잡은 사냥감인 양 취급했을까?

"실제로 다 잡았으니까."

도주하는 프레드의 팔다리에서 갑자기 어둠이 피어올랐다. 암흑이 거대한 손아귀가 되어 그를 붙잡았다.

"커억!"

몇 발자국 뛰지도 못하고 프레드가 바닥에 풀썩 쓰러졌다.

이미 카르나크는 사령술로 상대의 사지를 은밀히 제압해 놓았던 것이다.

"내가 괜히 말이 많은 줄 알아? 앞에서 시선 끌고 뒤에서 딴짓하는 것도 사령술의 주요 수법 중 하나라고."

미스디렉션이라고, 사령술 관련 서적에 이 항목이 따로 있을 정도다.

"도련님 장단 맞춰 드리다 보니 저도 싸우면서 주절거리는 습관이 붙었잖아요. 사실 전 그럴 필요 없는데."

두 사람이 느긋하게 떠드는 동안에도 어둠은 착실히 제 할 일을 하고 있었다.

사지를 타고 올라 몸통을 장악하고 종국엔 머리까지 올라간다.

어둠이 프레드의 영혼을 움켜쥐며 뒤틀어 대기 시작했다.

처절한 비명이 터져 나왔다.

"으, 으아아아악!"

소환자가 쓰러지자 레이스도 저절로 사라졌다.

기절한 프레드를 향해 카르나크가 손을 뻗었다. 정신 지배를 걸고 정보를 뽑아낼 생각이었다.

"눈을 떠라, 나의 종이여……."

눈을 까뒤집은 채 프레드가 입을 열었다.

"예, 주인님……."

이내 그는 자신이 아는 모든 것을 주절주절 떠들어 대기 시작했다.

모든 것이라 해 봐야 딱히 중요한 건 없었다.

그냥 힘 생겨서 날뛰다 딱 걸렸다. 끝.

참으로 짧게도 요약되는 인생이었다.

"정말 별 볼 일 없는 놈이었군. 이놈 통해서는 건질 게 없겠어."

바로스가 물었다.

"그럼 이제 어쩌실 겁니까?"

"자살시켜야지."

두 사람이 개입한 걸 라티엘 교단이 알면 곤란해진다.

"얘 소지품 뒤져서 칼 같은 것 좀 찾아봐."

"네."

길 떠난 이가 칼을 지니지 않는 경우는 없다. 딱히 호신용이 아니더라도 칼은 여행의 필수품이다.

프레드의 품에서 단검을 찾은 바로스가 그걸 상대의 손에 쥐여 주었다.

"좀 떨어지자. 피 튈라."

적당히 거리를 벌린 뒤 카르나크는 프레드의 정신을 조작했다.

넋이 나간 프레드가 이내 단검으로 스스로의 목을 그었다.

푸아아악!

피가 분수처럼 튀며 그대로 절명한다.

누가 봐도 '쫓길 대로 쫓기던 사령술사가 삶을 비관하며 스스로의 목숨을 끊은 상황'이었다.

"이제 라티엘의 추격대가 이 시체를 발견하기만 기다리면 된다."

"사령력으로 자살시킨 거, 들키진 않을까요?"

"상대가 평범한 인간이라면 들키겠지만……."

카르나크가 프레드의 시체에 손을 뻗었다.

"이 경우엔 어차피 시체에 더러운 탁기가 왕창 남아 있잖아. 똥물에 오수 좀 끼얹었다고 티가 나겠냐?"

시체로부터 어둠이 피어올라 카르나크에게로 향했다. 검은 기운이 그의 손아귀로 맹렬히 스며들기 시작했다.

바로스가 놀라 물었다.

"어라? 사령력을 챙기시게요?"

"조금만. 라티엘 교단에 대부분 남겨야 의심을 사지 않을 거 아냐?"

"아니, 그게 아니라…… 이제 이렇게 더러운 사령력은 오히려 피해야 한다지 않으셨어요?"

혼돈마력은 탁기와 사기를 지우는 데 너무 많은 공이 들어간다.

프레드처럼 지독히 더러운 사령력을 흡수하느니, 그냥 처음부터 순수한 음기를 흡수하는 쪽이 더 효율적이다.

카르나크는 고개를 저었다.

"힘 키우려고 그러는 거 아냐. 파멸의 신탁에 대해 알아보려는 거지. 뭔가 건질 게 있을지도 모르잖아."

계속 어둠을 흡수하며 정신을 집중하던 중이었다.

"……!"

갑자기 그의 표정이 딱딱하게 굳었다. 바로스가 놀라 물었다.

"왜 그러세요, 도련님?"

대답은 없었다.

그저 충격을 받은 듯 점점 안색이 창백해질 뿐.

"……도련님?"

한참이나 카르나크는 제자리에 굳은 채 서 있었다. 경계하며 바로스가 허리로 손을 가져가려던 때였다.

'혹시 뭔가 잘못됐나?'

갑자기 깊은 한숨을 쉬더니 카르나크가 걸음을 옮겼다.

"……일단 저택으로 돌아가자, 바로스."

평소의 도련님이었다.

안심하면서도 바로스는 의아해했다.

'왜 저러시지?'

정확히 말하면 평소와는 조금 표정이 다르다.

'저건 마치…….'

세상 그 누구보다도 유령에 익숙한 사람이 바로 카르나크다. 온갖 유령을 다루며 죽음과 어둠을 지배해 종국엔 사령왕이라고까지 불리게 되었다.

그래서 적어도 카르나크 상대로는 절대 이런 표현을 쓸 일이 없을 줄 알았다.

'……꼭 유령이라도 본 듯한 얼굴이신데?'

예상했던 대로 라티엘의 추격대는 프레드의 시체를 찾았다.

일은 문제없이 흘러갔다.

정황을 살핀 라티엘의 신관들은 프레드가 자살했다는 결론을 내렸다.

쫓기던 사령술사들이 비관 자살하는 경우는 워낙 흔했기에, 어느 누구도 카르나크나 바로스를 의심하지 않았다.

제스트라드 영지에 감사를 표한 뒤 라티엘의 추격대는 교단으로 돌아갔다.

이후 카르나크는 한동안 두문불출했다.

바로스조차 멀리한 채, 자는 시간을 제외하고 하루의 대부분을 연무장에 처박혀 살았다. 식사조차도 연무장으로 들고 오게 시킬 정도로 철저히 사람들과의 접촉을 끊었다.

표면상의 이유는 이것이었다.

—마법을 좀 더 심도 있게 익히고 싶으니 한동안 세상의 일을 멀리하겠다.

기사나 마법사가 새로운 경지에 도달하기 위해 폐관 수련을 하는 것은 흔하다 못해 상식에 가깝다.

결투 재판 때에도 카르나크는 영지 바깥으로 수행을 떠나지 않았던가?

바로스도 그러려니 하고 넘어갔다.

사령왕 시절에도 연구 중인 카르나크는 몇 달씩 홀로 처박히는 경우가 잦았다.

그저 좀 의아해할 뿐이었다.

'대체 그때 그 표정은 뭐였지?'

그렇게 일주일이 되는 날.

겨우 카르나크가 연무장에서 나왔다. 그리고 곧바로 바로스를 불렀다.

"저 찾으셨다면서요?"

"그래."

바로스가 서재로 들어서자 카르나크는 곧바로 마법을 준비했다.

혼돈마력을 이용해 서재 전체를 얇게 감싼다.

소리가 새어 나가는 걸 막는 차음 결계였다.

'굳이 결계를? 자기 집인데?'

그 모습을 지켜보며 바로스는 더더욱 의아해했다.

조용한 독서를 위해 특별히 방음이 잘된 서재였다. 그래서 사령술 관련한 이야기를 할 때조차도 이 정도의 조심성을 보이지 않았다.

"왜 이러세요? 도련님답지 않게."

카르나크가 천천히 입을 열었다.

"저기, 바로스."

"네."

"내가 그동안 연구를 좀 했거든."

"그, 종말의 어둠인가 하는 거 말이죠?"

프레드를 통해 건진 건 거의 없지만 하나만큼은 확실하다.

그를 유혹한 검은 기운이 바로 대륙의 일곱 교단에서 칭한 '종말의 어둠'이라는 점은.

"그래, 그 여신의 신탁……. 그, 세상의 파멸이니 종말이니 하는 그거……."

흑빛 머리칼을 손가락으로 꼬면서 카르나크는 계속 말끝을 흐렸다.

"도련님?"

바로스가 인상을 썼다.

"왜 이렇게 말을 질질 끄시는 겁니까?"

"하아아……."

한숨을 푹 쉬더니 카르나크가 애써 웃었다.

"그거 내가 범인 맞더라."

사령왕 카르나크는 자신의 막대한 사령력을 이용해 시공을 뒤틀어 미래와 과거를 연결했다.

이 연결된 시공의 통로를 이용해 자신의 영혼을 과거로 보내는 것이 바로 시공 회귀 술법이다.

이 술법을 성공시키며 그는 사령왕으로서의 엄청난 권능조차 다 버린 채 이 시대로 회귀했다.

"이제까진 이렇게 된 줄 알았는데……."

의자에 축 걸터앉아 카르나크는 힘없이 중얼거렸다.

"내가 착각을 한 부분이 있더라고."

"착각요?"

"응."

갑자기 카르나크가 딴소리를 했다.

"바로스."

"네?"

"투기나 마나 같은 세상의 기운은 어디에 쌓인다고 생각해?"

고개를 갸웃거리며 바로스가 되물었다.

"체내에 쌓이는 거 아닌가요?"

"그래, 정확히 말하면 육체에 쌓이지. 상식이야, 이건."

기사의 투기나 마법사의 마나는 육체에 쌓인다. 그렇기에 아무리 강력한 기사나 마법사라도 결국 세월의 흐름을 이기진 못한다.

성직자도 마찬가지다. 신성한 기운은 체내에 쌓이고, 영혼은 육체와 동조하며 그 기운을 다스린다.

"사령력 역시 이렇게 체내에 쌓이지."

카르나크가 살짝 검은 불꽃을 피웠다가 바로 껐다.

혼돈마력을 이용해 더러운 기운을 지운 뒤 그가 말을 이었다.

"내가 만든 시공 회귀 마법은 육체를 버리고 영혼만 빠져나와 시공을 초월하는 수법이야. 방식 자체엔 문제가 없어."

문제는 카르나크의 경우가 워낙 특이했다는 점이다.

"나, 아스트라 슈나프였잖아?"

언데드 중의 언데드.

죽음의 신이나 다름없는 절대적인 권능의 정화.

"여기서 질문. 사령왕이었던 내가 어떻게 생겼었지?"

바로스는 어이없어했다.

근 100여 년을 옆에서 지켜본 심복한테 저걸 질문이라고 하는 건가?

"어떻게 생기긴요? 해골바가지에 시퍼런 영기 뒤집어쓴 채 유령처럼 한들한들……."

퉁명스레 대꾸하던 그의 안색이 순간 굳었다.

'잠깐, 유령처럼?'

카르나크의 입가에 짙은 조소가 떠올랐다.

"그래. 아스트라 슈나프였지, 나는……."

인간의 육신을 버리고, 강대한 어둠의 권능으로 영기의 육체를 만들어, 운명을 초월하고 죽음을 지배한 존재.

그렇다. 영기의 육체다.

육체라 하기도 영혼이라 하기도 애매한, 혼돈의 존재인 것이다.

"난 당연히 내 사령력이 육체에 속한다고 생각했어. 그런데 정작 그 육체는 영혼에 속해 있었지."

그리고 카르나크의 영혼은 시공을 초월해 이 시대로 돌아왔다.

"설마……."

바로스의 입이 쩍 벌어졌다.

"도련님의 권능도 같이 시공 회귀를 했다고요?"

카르나크는 신경질적으로 머리를 긁었다.

"아, 생각해 보면 단서는 있었는데."

아스트라 슈나프가 된 그의 영적 기운은 너무 방대해 빙의조차 제대로 되지 않았다. 손가락만 들어가도 대상이 펑 터져 버릴 정도였다.

카르나크는 이 현상을 영혼이 육체와 제대로 분리되지 않아서라 여겼다.

다른 몸으로 영혼을 옮기려 해도, 그 과정에서 일어나는 영적 기운을 실험체가 감당할 수 없는 것이라고.

그래서 시공 회귀 마법까지 만든 것이다.

단순한 빙의로는 영혼만 깔끔하게 빼낼 수 없다. 영혼과 육체가 너무나 오랜 시간 섞이고 섞여 구분할 지표 자체가 존재치 않는다.

"하지만 이 몸은 나 자신 그 자체잖아. 원래 하나였던 영혼과 육체로 돌아가는 것이니까, 본질 그 자체가 지표가 되어 주니 깔끔하게 분리가 되지."

실제로 여기까진 성공이었다.

그의 영혼은 모든 사령력을 버리고 현재의 육신에 문제없이 안착해 완벽한 인간이 되었다.

"그래서 남은 아스트라 슈나프의 영역은 그냥 그 시간대에 버려졌다고 생각했는데……."

영적 기운이 아니라 영혼, 그 자체가 너무 거대해도 빙의에 실패하긴 마찬가지란 걸 미처 생각지 못한 게 화근이었다.

만약 카르나크의 사령력이 영혼에 귀속된 채 함께 이 시대로 회귀했다면?

그렇다 해도 여전히 그의 영혼은 사령력과 분리되어 이 시대의 육체로 깃들게 된다. 결과 자체는 다르지 않다.

"하지만 이 경우엔 순서가 바뀌어 버려."

분리 후 시공 회귀가 아니라 시공 회귀 후 분리로.

아스트라 슈나프의 영역, 사령왕의 권능이 미래가 아닌 현재에 존재하게 되는 것이다.

"저게 지금 종말의 어둠이 되어 온 세상에 퍼졌다, 대충 이렇게 된 것 같거든."

바로스는 눈을 껌벅거렸다.

설명이 좀 어렵긴 했지만 워낙 오랜 세월 옆에서 보필하다 보니 상황은 이해가 갔다.

그럼에도 납득하긴 쉽지 않았다.

"……그러니까, 도련님이 내다 버린 힘 때문에 세계가 멸망하게 생겼다는 겁니까?"

"아마도?"

"아니, 도련님이 아무리 강해도 그렇지, 일곱 교단이 담합해서 세상 멸망한다고 벌벌 떨 정도는 아니지 않……."

말하다 말고 바로스는 입을 닫았다.

그 7여신교를 몰락시킨 게 바로 카르나크였다.

"에이, 그래도 세상에 강력한 제국과 왕국이 얼마나 많은데……."

"그 제국도 왕국도 우리가 싹 다 멸망시켰잖아."

"용족이랑 요정족도 있고…… 4대 무왕과 3인의 대마법사도……."

"죄다 죽여서 언데드로 만들어 부하로 부리고 다녔잖아."

그뿐인가?

종국엔 일곱 여신마저 세계에서 영향력을 잃었다.

사령왕의 힘이 온 세상을 뒤덮는 바람에 여신의 가호가 닿지 않게 된 것이다.

“그러고 보니 도련님이 세계를 파멸시킨 거 맞네요?”

카르나크에게나 정복이지, 산 사람들 입장에선 종말을 맞이한 것이나 다름없었다.

그런데 이제 저걸 당하는 쪽이 되었다고?

“잠깐만요.”

여전히 납득이 안 간다며 바로스가 반론을 제기했다.

“그땐 도련님이 그 힘을 다룰 수 있으니까 세계 정복이 가능한 거였잖아요?”

지금은 그냥 권능만 남아 사방으로 흩어진 상태다.

“하나로 모이지도 않은 힘인데 설마 그조차도 감당 못 하겠어요?”

설령 누군가가 저 권능의 일부를 모아 또 다른 사령왕이 된다 하더라도, 진짜 카르나크에 비하면 분명 약할 것이다.

“응, 그래. 네 말이 옳아.”

카르나크가 고개를 끄덕였다.

“그런데 말이야, 바로스.”

“네.”

“내가 세계 정복한 게 언제였지? 정확히는 아스트라 슈나프가 되고 몇 년 만에 세계를 정복했지?”

"에, 용황제 쓰러뜨린 게 마지막 전투였으니까……."

대충 계산한 바로스가 말을 이었다.

"아스트라 슈나프 되신 다음 3년 정도 후네요."

"그치?"

카르나크가 기가 막힌다는 듯 실실 웃었다.

"그리고 몇 년 뒤에 우리가 시공 회귀했더라?"

"대충 70년쯤 지나고…… 켁!"

그제야 바로스도 사태의 심각성을 깨달았다.

카르나크가 세계를 정복하고 사령왕이 된 게 그의 나이 50대 초반쯤이다.

그리고 120살쯤 됐을 때 이 시대로 왔다.

온 세상을 말아먹었을 때보다 무려 70년 가까이 더 강해진 후란 소리다!

"세계 정복 당시의 나보다, 회귀 직전의 내가 최소 5~6배는 더 강할걸."

바로스의 안색이 창백해졌다.

"맙소사……."

상상해 보니 정말 끔찍하도록 강대한 힘이었다.

세계를 지키는 일곱 여신들이 종말이 도래했다며 일제히 신탁을 내리기에 충분할 만큼.

사색이 된 바로스가 다급히 질문을 이었다.

"도련님이 범인이 아닐 가능성은 정말 없어요?"

저 끔찍한(?) 사령왕 시절의 카르나크를 상대할 바엔, 차라리 정체불명의 이계 마신이 쳐들어오는 게 백배 나은 것이다.

"맞다! 시간대가 안 맞는다 하셨잖아요?"

따져 보니 좀 이상하다.

카르나크와 바로스가 시공 회귀를 한 건 1년 전쯤이었다.

그런데 저 종말의 어둠은 그보다 이전부터 이미 세계에 흩뿌려지고 있었다.

게다가 교단의 발표를 보면 아직 다 뿌려지지도 않았다.

시간 차를 두고 꾸준히 시공을 넘어 지속적으로 이 세계를 침탈하는 중이다.

"앞뒤가 안 맞잖아요! 애초에 도련님이 범인일 수가 없는데요?"

"나도 그건 이유를 모르겠어."

그럼에도 부정할 수 없는 확실한 증거가 존재했다.

"프레드란 놈에게서 입수한 종말의 어둠 있잖아? 그거 속성이 100퍼센트 완벽하게 나랑 일치해."

란돌프 건이나 프레드 건에서 카르나크가 전혀 의심받지 않은 이유가 이것이었다.

카르나크가 아무리 본인의 사기를 듬뿍 남겨도 교단에서 볼 때는 종말의 어둠일 뿐이다.

그러니 그에게 의심이 갈 리 없다. 이미 대륙 곳곳에 종말의 어둠이 뿌려지고 있었으니까.

“틀림없어. 이거 내 힘 맞아. 대체 어쩌다가 이렇게 된 건지를 몰라서 그렇지.”

“도련님의 힘이라면…… 지금이라도 도로 거두진 못하고요?”

여전히 미련을 버리지 못한 종복을 노려보며 카르나크가 핀잔을 던졌다.

“그게 말이 된다고 생각해?”

어느 날 부자가 금화 주머니를 들고 와 광장에 확 뿌려 버린다.

그리고 외친다.

‘금화여, 내게로 돌아오라!’

흩어진 금화들이 저절로 날아와 부자의 주머니로 돌아올까, 아니면 지나가는 사람들이 싹 다 주워서 횡재했다며 집으로 들고 갈까?

내다 버린 시점에서 이미 카르나크는 지배력을 잃은 것이다.

“더 이상 신경 끄고 살 수 없어졌다, 이젠.”

예전처럼 손 놓고 무시하기엔 사안이 너무 크다.

미친놈이 힘을 키워도 너무 키웠다.

그런데 그 미친놈이 카르나크 자신이다.

인류의 힘을, 세계의 저력을 믿고 신경 끄라고? 본인이 그 인류도 세계도 조진 장본인인데?

"못 믿어! 저걸 어떻게 믿어!"

발작하는 카르나크를 달래며 바로스가 물었다.

"그럼 이제 어쩝니까?"

진정한 카르나크가 진지하게 말했다.

"일단 정보를 모아야지."

현재로선 아는 게 너무 없었다.

계획도 어느 정도 상황을 파악하고 나야 세울 수 있는 법이다.

"이번에 그놈한테서 사령력을 흡수했던 것처럼요?"

"응. 그런 식으로 내게서 분리된 사령력의 상태를 확인해야겠어. 이번엔 양이 너무 적어서 정보라 할 것도 없었지만."

프레드에게서 흡수한 종말의 어둠은 너무도 미약했다.

원래 카르나크의 권능과 비교하면 진짜 부스러기, 대양에서 물 한 바가지 퍼낸 수준에 불과하니 정보도 거의 없다.

"좀 더 많은 자료를 모을 필요가 있다."

"말인즉슨, 이제부터 종말의 어둠을 수집하러 돌아다녀야 한다는 소리네요?"

"그렇지."

"영지에서 속 편하게 지내는 생활은 당분간 안녕이라는 소리도 되고요?"

"……그렇지."

두 사람은 서로를 바라보며 깊은 한숨을 내쉬었다.

사람답게 살면서 인생 즐길 일만 남았다고 생각한 이들에겐 실로 가혹한 운명이었다.

카르나크가 한탄을 터트렸다.

"아, 이번엔 진짜 조용히 살고 싶었는데 세상이 나를 내버려 두질 않는구나!"

바로스가 핀잔을 던졌다.

"세상이 뭔 상관이에요? 도련님이 자초하신 건데."

"그, 그렇긴 하지만……."

"자신이 저지른 건 생각도 않고 세상 탓부터 하는 거 보니 역시 우리 도련님이십니다."

"아, 닥쳐, 좀."

다음 날 아침, 카르나크는 가문의 가신들을 불러 모았다.

"석 달 정도 자리를 비우게 될 것 같다."

이미 그럴듯한 이유는 만들어 놓았다.

달라스의 마법서를 통해 열심히 마법 수행을 쌓고 있지만 역시 독학으로는 한계가 있다. 그러니 고위 마법사를 초빙하거나, 아니면 직접 마법사 길드를 찾아 가르침을 구해야 한다.

하지만 지금 그의 수준에서 도움이 될 정도의 고위 마법사 초빙에는 많은 돈이 든다.

아무리 영지가 풍족해졌다곤 하지만 영주 된 몸으로 어찌 허투루 돈을 쓸 수 있겠는가?

"그러니 직접 수도로 가서 마법의 지식과 지혜를 쌓고 오겠다. 호위는 바로스 1명이면 충분하다."

노집사는 적극적으로 지지했다.

"참으로 현명하신 판단입니다."

현재 제스트라드 영지는 별일 없이 무난히 돌아가고 있었다. 영주가 석 달쯤 자리 비운다고 큰일이 생기진 않을 터였다.

그리고 카르나크는 이전, 결투 재판 때도 몇 달씩 자리를 비운 적이 있는 것이다. 이미 해 본 일이니 또 저지른다고 이상할 것도 없었다.

물론 저 당시엔 다들 반대했다.

자리를 비우는 것이 문제가 아니라, 전투 능력도 없는 카르나크가 일개 시종 하나만 데리고 영지를 벗어나는 것이 너무 위험하다는 이유였다. 카르나크가 끝끝내 우겨서 어쩔 수 없이 수락하긴 했지만.

반면 지금은?

카르나크도 마법사로서 힘을 키웠고 바로스는 제스트라드

최강의 기사가 되었으니 크게 곤란할 것이 없다.

게다가 노집사가 응원하는 데는 다른 이유도 있었다.

"세상을 보며 견식을 높이는 것이야말로 젊음의 특권이지요! 정말 좋은 경험이 되실 겁니다!"

아무래도 그는 카르나크가 젊은이다운 호기심으로 여행을 떠나고 싶어 하는 줄 아는 모양이었다.

'아니, 그런 경험은 이미 지겹게 했는데…….'

어쨌든 오해해 주는 건 다행이다.

다른 가신들도 반대하지 않았다.

"안심하고 다녀오십시오. 영지는 저희가 지키고 있겠습니다."

"영주님께서 더욱 성장해 돌아오시길 기쁜 마음으로 기다리겠습니다."

모두를 대표해 노집사가 정중히 인사를 건넸다.

"부디 일곱 여신의 가호가 영주님께 깃들기를."

카르나크 입장에선 차마 웃지 못할 소리였다.

'그 여신들, 죄다 작당해서 나 조지라고 신탁 내렸거든. 잘도 가호해 주겠다.'

자리 비울 동안의 영지 관리에 대해 인수인계를 마친 뒤 그는 방으로 돌아갔다.

방에 들어서니 바로스가 열심히 짐을 꾸리는 중이었다.

안색은 그리 좋지 않았다. 등 따시고 배부른 집 떠나 도로 세상 떠돌 생각을 하니 영 내키지 않는 모양이다.

"어휴, 이제 와서 또 이 보따리를 싸는 날이 올 줄은 몰랐네요."

"그때보단 상황이 좋잖아."

그를 달래며 카르나크가 돈주머니를 들어 보였다.

"우리 이제 돈 많아. 무려 금화도 있다, 이제?"

바로스의 표정이 밝아졌다.

"오, 그럼 돌아다니면서 각 지역의 진미를 먹을 수 있는 겁니까? 잠도 최고급 여관에서 푹 잘 수 있는 거고?"

"당연하지, 추적자도 없는데!"

왕년 세상을 떠돌 땐 항상 숨어 다니며 뒷골목만 전전해야 했다. 지은 죄가 있다 보니, 돈이 많아 봤자 떳떳하게 정체를 드러낼 팔자가 아니었다.

그 와중에 7여신교의 추적도 경계해야 했으니, 잠 한번 푹 자지 못한 시절이었다.

"쫓기던 시절만 생각해 오만상 찌푸리고 있었는데, 이제는 상황이 다르구만요."

그냥 졸부 귀족가 도련님의 대륙 유람이라고 생각하면 나쁠 것도 없을 듯했다.

"어차피 할 고생이면 즐겁게 하는 게 좋잖냐?"

"그건 그러네요."

완전히 짐을 싼 바로스가 배낭을 어깨에 멘 뒤 물었다.

"그래서 어디로 갑니까? 정말 수도로 갈 건 아니잖아요?"

"데라트 시티. 그 프레드란 놈이 처음 힘을 얻은 곳이니 뭔가 단서가 있을 거다."

# 데라트 시티

봄의 기운이 가득한 너른 들판.

죽 뻗은 곧은길을 따라 두 사내가 말을 타고 가고 있었다.

백마를 탄 흑발의 청년은 누가 봐도 귀한 집 자식이었다.

사슴 가죽과 비단을 섞어 짠 고급스러운 여행복 차림, 허리에 찬 마법의 지팡이도 상당히 고가의 물건이었다. 귀족 출신의 마법사임이 분명했다.

그를 수행하는 갈색 말의 젊은 기사 역시 보통 인물이 아니었다.

잘 단련된 체격에 날카로운 눈빛, 여행자답게 중무장은 아니었지만 비싼 마수의 가죽으로 만든 갑옷을 걸쳤고 토시와 각반 역시 질 좋은 강철제였다. 등에는 커다란 바스타드 소드를 메고 있었는데 이 역시 상등품이었다.

젊은 기사 바로스가 문득 옆을 돌아보며 말했다.

"과거로 돌아왔다는 실감이 나네요. 예전엔 돈이 있어도 일부러 허름하게 입고 다녔는데."

귀한 집 자식 카르나크가 웃으며 대꾸했다.

"역시 사람은 죄짓고 살면 안 돼. 번듯하게 정체 밝히고 다녀도 되니 얼마나 좋아?"

"돈 많은 티 내면 골치 아픈 놈들이 꼬이지 않을까 했는데 딱히 덤비는 놈들도 없고요."

"당연하지. 그것까지 감안해서 이렇게 입은 건데?"

도적을 경계해 가난한 여행자처럼 위장하는 것은 그다지 좋은 선택이 아니다.

도적은 돈 많은 여행자를 노리는 게 아니라 만만한 여행자를 노린다. 위험을 감수하고 거액을 노리느니 안전하게 소소한 푼돈을 챙기는 게 이득이니까.

그렇다고 너무 부잣집 공자가 유람하는 것처럼 보여도 좋지 않다. 위험을 무릅쓰고라도 덤비는 놈들이 생길 테니까.

이런 의미에서 현재 카르나크와 바로스의 복장은 꽤나 적절한 수준이었다.

척 봐도 뒷배가 있는 귀족가의 여행자들, 그렇다고 겉만 번지르르한 게 아니라 비싸면서도 실용적인 차림을 하고 있다. 상당한 여행 경험이 있는 노련한 이들의 복장인 것이다.

바로스의 덩치와 무장 수준, 카르나크가 찬 마법 지팡이 역시 이들이 만만찮은 상대임을 대놓고 보여 준다.

"도적들도 다 먹고살자고 하는 짓인데 괜히 위험한 다리를 건너려 하지 않지, 보통은."

보통이 아닌 도적들이 나타난다 해도 문제 될 건 없다. 현 카르나크의 혼돈마법과 바로스의 무력만으로도 어디 가서 맞고 다닐 수준은 아니다.

만약 지금 수준에서 감당 못 할 정도의 적을 만나게 된다면?

"그땐 사령술 쓰면 되고."

덕분에 두 사람은 아무 일 없이 쾌적하게 여행을 계속할 수 있었다.

이제 반나절만 더 가면 목적지에 도착할 것이다.

길 저편을 바라보던 바로스가 물었다.

"그런데 종말의 어둠은 어떻게 찾으실 거예요? 혹시 그거 찾는 마법이 따로 있다거나 합니까?"

"연구 중이긴 한데, 당장은 없다."

"그럼 어떻게 찾으시려고요?"

"정석대로 가는 거지. 우리가 왕년에 자주 가던 곳 있잖아?"

이해했다는 듯 바로스가 고개를 끄덕였다.

"또 모험가 길드 신세를 지는 겁니까?"

모험가 길드.

이는 원래 현상금이 붙은 수배자를 사냥하는 바운티 헌터에서 출발한 조직이었다.

수배자 사냥은 무력 못지않게 정보도 중요하다. 일단 어디 숨었는지 알아야 사로잡건 죽이건 할 것 아닌가?

바운티 헌터끼리 서로 정보를 공유하며 힘을 합쳐 사냥감을 노리던 것이 아예 정보 취합과 인맥 연결을 전문적으로 하는 조직, 바운티 헌터 길드로까지 발전하게 된 것이다.

이런저런 정보와 인맥을 종합적으로 관리하며 덩치를 키우자 길드의 누군가가 생각했다.

'굳이 바운티 헌터들에게만 정보를 팔 필요가 있나?'

누군가에겐 쓰레기 같은 정보라도 누군가에겐 천금의 가치일 수 있다.

고대의 보물이나 인류 이전의 이종족들이 남긴 유적, 일명 던전을 탐사하는 트레저 헌터에게도 정보를 팔았다. 자연스레 트레저 헌터들도 길드의 일원이 되었다.

마물이나 마수를 퇴치하는 마물 헌터 역시 좋은 정보 구매자였다. 이들도 길드의 일원이 되었다.

이쯤 되니 더 이상 바운티 헌터들만의 조직이 아니었다. 명칭이 헌터 길드로 바뀌었다.

헌터 길드는 점점 세력을 넓혀 대륙 전역으로 퍼졌다. 동시에 그 성격도 점점 바뀌었다.

뭔가를 '사냥'하는 이들보다 그냥 '의뢰'를 받아 움직이는 이들이 더 많아진 것이다.

의뢰 형태 역시 훨씬 다양해졌다.

돈 받고 각 지방 귀족들의 영지전에 뛰어드는 용병 업무.

상단이나 여행자를 지키는 호위 업무.

심지어 자질구레한 심부름 등을 대신해 주는 전령 업무나 떼먹힌 돈을 대신 받아 주는 등의 사소한 문제 해결까지도 담당하게 되었다.

더 이상 헌터조차 아니게 되었으니 이름을 또 바꿀 필요가 생겼다.

하지만 '돈 되는 일이면 다 하는 비정규직 용역 인력'이라고 하면 너무 길고 멋도 없다.

그래서 선택된 칭호가 바로 '모험가'였다.

지금이야 개나 소나 모험가라 불리다 보니 낯부끄러운 칭호가 됐지만 당시만 해도 꽤나 이미지가 좋은 단어였으니까.

온갖 정보가 모이는 모험가 길드는 한창 고대의 사령술 지식을 찾아 헤매던 카르나크에게 실로 유용한 곳이었다. 그 역시 길드를 통해 많은 정보를 얻었다.

"그만큼 쓰레기 정보도 많아서 잘 걸러야 할 필요가 있지만 말이지."

바로스가 하늘을 올려다보며 아련한 표정을 지었다.

"그립네요. 왕년에 신세 톡톡히 졌었는데."

도망자 신세이던 두 사람이 가장 흔하게 자처한 신분이 바로 모험가였다.

떠돌아다니는 모험가는 신분 세탁이 쉽다. 듣도 보도 못한 다른 왕국의 다른 영지 출신이라고 하면 어떻게 확인할 방법이 없는 것이다.

카르나크가 바로스를 돌아보며 핀잔을 던졌다.

"그 시절이 그립냐? 난 별로 떠올리고 싶지 않은데."

직업 특성상, 아무래도 모험가였던 경우보단 수배자였던 경우가 더 많았다.

"어제의 친구가 내 목 따겠다고 두 눈 벌게져서 쫓아오는 상황은 별로 좋은 경험이 아니지."

"죄다 죽여서 좀비로 만드셨으면서 뭘 새삼스레 친구 타령입니까?"

이런저런 대화를 나누며 계속 걷다 보니 어느새 저 너머로 도시가 보였다.

유스틸 왕국 북부 최대의 교역 도시, 데라트 시티였다.

"과연 저곳에 우리가 찾는 사령술사가 있을까요?"

바로스의 질문에 카르나크가 차분히 대꾸했다.

"인내심을 가지고 기다려야지. 사령술사란 게 그렇게 흔할 리가 없잖아."

"뭐, 나쁘지 않은 이야기구만요."

바로스는 히죽 웃었다.

사실 인내심까지 들먹일 일은 아니었다.

"고급 여관에서 질 좋은 술과 요리를 먹으면서 기다리는 거야 얼마든지 할 수 있습죠!"

데라트 시티에 도착하자마자 카르나크는 우선적으로 모험가 길드부터 찾았다.

전생의 카르나크와 바로스는 정체를 감추고 길드에 등록해 모험가로 활동하곤 했다.

신분을 숨기고 돈을 벌어야 했으니까.

그 와중에 몰래 사령술에 관련된 정보도 얻을 수 있었으니 일석이조였다.

"하지만 이번엔 굳이 모험가가 될 필요는 없지."

지금은 제스트라드의 영주, 카르나크 남작이라는 떳떳한 신분이 있다.

종말의 어둠 관련 사건을 조사하는 것 역시 딱히 범죄가 아니다.

당당하게 정체를 드러내고 종말의 어둠 관련 정보를 수집해 달라는 의뢰를 맡겼다.

핑계 역시 그럴듯하게 댔다.

-우리 영지에 종말의 어둠과 관련된 사령술사가 나타났다. 다행히 라티엘 교단이 그를 처치했으나 언제 또 이런 일이 벌어질지 모르니 신경 쓰지 않을 수 없다.

실제로 있었던 일이니 수상쩍어 보이지도 않으리라.

그런데 알고 보니 굳이 핑계까지 댈 필요도 없었다.

어차피 다른 귀족들도 모험가 길드를 통해 파멸의 신탁과 관련된 여러 정보들을 수집하고 있었던 것이다.

자신의 영지에서 언제 사령술사가 창궐할지 모르니 미리 대비하는 것은 좋은 영주라면 응당 해야 할 일이다.

모험가 길드가 보기엔 카르나크 역시 흔한 고객 중 1명일 뿐이었다.

"데라트 시티 모험가 길드를 이용해 주셔서 감사합니다, 카르나크 남작님! 최신 정보가 들어오는 대로 연락드리겠습니다!"

데라트 시티에서 머무른 지 1주일째.

카르나크와 바로스는 최상급 여관에 짐을 푼 뒤 신나게 먹고 마셨다.

구리 광산 덕분에 돈이 많았으니 거리낄 것이 없었다.

가장 비싼 방에 묵고 최고급 요리를 시켜 먹으며 즐거운 시간을 보냈다. 실로 한량 그 자체였다.

그래도 다른 졸부들과 차이점이 있다면, 윤락가에서 여인을 안거나 하지는 않았다는 점이다.

딱히 이들이 성적으로 문제가 있어서는 아니었다.

둘 다 간신히 인간의 육체로 돌아온 처지다. 게다가 한창 때의 젊은 몸이 아닌가? 성욕이 없다면 거짓말이리라.

도덕이나 윤리에 신경 쓰는 놈들도 아니니, 실제로 사창가를 가긴 갔다.

그래, 가긴 갔는데…….

“아, 이건 좀 아닌 것 같다.”

창녀들을 본 카르나크는 이내 발걸음을 돌렸다.

그가 사령술사인 탓이었다.

좀 강력하다 싶은 사령술사에게 붙은 이명은 보통 이런 식이다.

죽음의 군주, 어둠의 군주, 역병의 군주 등등.

사령술사는 병마의 스페셜리스트이기도 한 것이다.

성직자와 달리 치료가 아니라 감염의 스페셜리스트지만.

즉, 카르나크의 눈에는 윤락가 여인들의 성병이 손에 잡힐 듯이 보인다!

건강 때문에 간식도 자제해 가면서 먹는 인간들이 어찌 함부로 몸을 굴릴 수 있을까?

"역시 좋은 여자 만나 결혼해서 착실히 살아야겠다. 그게 사람답게 사는 거겠지?"

"결혼하실 생각은 있나 보네요?"

"당연하지. 나 이제는 영주인데?"

한 가문의 가주라면 후계자를 남기는 것도 중요한 의무다.

"결혼은 당연히 해야지. 이왕이면 마음에 드는 여자랑."

정략결혼으로 얼굴도 못 본 여자랑 혼인할 생각은 없다. 현 제스트라드 남작가가 그 정도로 아쉬운 처지는 아니다.

"그러는 바로스, 넌? 마음에 드는 여자 혹시 없었냐?"

"실은 생각 중이던 애가 하나 있긴 했습니다."

최근 저택 하녀들이 자신을 보는 눈이 워낙 의미심장해 그 역시 내심 기대하고 있었다고 한다.

"그래? 왜 안 꼬셨는데?"

"막 꼬시려고 하던 차에 어떤 미친놈이 세상에 종말을 뿌려 댔거든요. 덕분에 여기서 이러고 있습죠."

"미, 미안하다……."

하여튼 놀기는 참 잘 놀았다.

문제는 본래 목적 쪽이었지만.

"1주일이나 지났는데 영 소득이 없네요."

"그러게 말이다. 이럴 줄은 미처 몰랐는데."

종말의 어둠에 대한 정보가 없어서가 아니다.

오히려 반대, 많아도 너무 많았다.

여신이 직접 신탁을 내리고 일곱 교단이 공표했다.

세상에 파멸이 닥치니 모두 어둠에 대비하라고.

이러면 일반인들은 어떻게 받아들일까?

야산에서 산적이 날뛰어도 어둠에 물든 탓, 숲에서 마수가 창궐해도 어둠에 물든 탓, 사기당해 돈 떼어먹혀도 사기꾼이 어둠에 물든 탓.

앞집 개가 뒷집 닭을 물고 가도 개가 어둠에 물든 탓이라며 떠들어 대는 판국이었다.

세상 모든 나쁜 일은 죄다 종말의 어둠 탓으로 몰고 가는 것이다.

"에휴, 이래서 일곱 교단이 그동안 신탁을 숨긴 거구나."

카르나크는 고개를 절레절레 저었다.

온 세상에 별의별 사령술 관련 사건들이 넘쳐 나고 있었다. 당연히 진짜는 거의 없었고.

"프레드 그놈은 대체 얼마나 대놓고 사고를 쳤기에 그렇게 쫓긴 걸까요?"

"했던 짓 보니까 안 걸리는 게 신기한 수준이긴 하더라."

데라트 시티까지 와서 안 사실인데, 라티엘 교단도 처음부터 프레드를 쫓은 건 아니었다.

사건 초반엔 모험가 길드를 통해 수색 의뢰가 들어갔다.

그 와중에 몇몇 모험가들이 희생을 당했고, 수상쩍게 여긴 라티엘 교단 신관 하나가 사건을 쫓다가 또 불귀의 객이 되었다.

그제야 사건의 심각성을 깨달은 교단이 병력을 대거 투입한 것이다.

워낙 엉터리 정보들이 많다 보니 일곱 교단도 모든 일에 뛰어들 수가 없다. 그래서 어느 정도 확실해진 후에야 개입한다.

"그 전에 먼저 사건을 가로채야 해."

밤거리를 걸으며 카르나크가 기원하듯 말했다.

"내일은 뭔가 쓸 만한 정보가 있으면 좋겠는데……."

데라트 시티에 머문 지 열흘째.

오늘도 카르나크와 바로스는 여관을 나서자마자 모험가 길드부터 들렀다.

새로운 정보를 확인한 뒤 동네 맛집 탐방을 나서는 것이 요즘 이들의 일과였다.

"어서 오세요, 카르나크 남작님."

1층 로비에서 10대 소년이 싹싹한 태도로 두 사람을 맞이했다. 접수원으로 일하는 견습 길드원, 한스였다.

"의뢰를 확인하시겠습니까?"

"그래, 쓸 만한 내용이 있나?"
"아쉽게도 오늘도 그다지……."
종이 뭉치를 내밀며 한스는 죄송스러운 표정을 지었다. 어린 그가 보기에도 길드의 정보들이 쓰레기임을 알 수 있었던 탓이다.
"상관없다. 나도 큰 기대는 안 하니까."
태연하게 대꾸하며 카르나크는 서류를 받아 훑었다.
역시나 오늘도 건질 것은 없었다.
옆에서 훔쳐보던 바로스가 인상을 썼다.
"아니, 술 먹은 남편에게 두들겨 맞던 아내가 가출한 걸 종말의 어둠 탓으로 돌리는 건 좀 너무하지 않습니까?"
물론 저 남편 놈은 평소엔 아무리 맞아도 얌전히 있던 아내가 갑자기 집을 나간 걸 보면 어둠에 물든 게 틀림없다고 주장하고 있었다.
"정말 어둠의 힘을 얻었으면 가출을 했겠어요? 당장 남편 놈부터 찢어 죽였겠지."
"그러니 이것도 엉터리 정보란 소리지."
한스가 눈치를 보며 물었다.
"종말의 어둠 관련 정보는 아무리 사소해도 전부 수집하라 하셔서 그런 겁니다만…… 앞으로는 좀 거를까요?"
"아니다. 혹시 모르니 계속 이런 식으로 일해 주게."
사령술의 극한에 다다른 카르나크는 최고위 신관들조차도

알아보지 못하는 희미한 어둠의 흔적도 파악할 수 있다.

겉보기엔 쓰레기 정보라도 남들은 찾지 못하는 의심스러운 부분을 발견할 수 있는 것이다.

아직까지는 그런 사소한 단서조차도 안 보여서 문제지만.

"오늘도 꽝인 것 같군."

실망한 카르나크를 바로스가 달랬다.

"이번엔 세랄 거리로 가 보죠? 그 근처에 바게트를 기막히게 굽는 빵집이 있다던데."

"가자. 벌써 침 나오네."

새로운 미식에 대한 기대로 두 사람이 눈을 반짝반짝 빛낸다.

그렇게 식탐에 물든 주종이 나란히 길드를 나서려 할 때 로비 건너편 홀에서 굵은 목소리가 들렸다.

"어찌 믿지 못한단 말이오? 정말로 사악한 사령술사가 나타났다니까!"

바로스와 카르나크가 황당해하며 서로를 바라보았다.

"도련님, 사령술사라는데요?"

"말도 안 돼. 이렇게 타이밍 좋게?"

소리를 지른 이는 30대 초반 정도로 보이는 평범한 농부였

다.

데라트 시티에서 하루 정도 거리에 위치한 겔파라는 작은 마을 출신이라 했다.

"그러니까 마을에 사령술사가 나타나 그걸 알리러 여기까지 왔다 이건가요?"

접수원 한스의 질문에 농부가 열심히 고개를 끄덕였다.

"그래! 그런데 아무도 내 말을 믿어 주질 않더라고!"

소란을 피운 탓에 1층 홀엔 접수원 말고 다른 모험가들도 모여 있었다. 모험가들이 서로를 보며 고개를 저었다.

"이거, 흔한 이야기인 것 같은데?"

"그렇지? 듣자 하니 신전 쪽은 이미 다녀온 것 같고."

종말의 어둠 사건은 7여신교에서도 촉각을 곤두세우는 일이다. 보통은 일곱 교단 중 한 곳을 찾아가면 대응 인원을 파견하기 마련이다.

어디까지나 진짜 종말의 어둠이 관련된 사건이면 말이지만.

"교단에서는 믿지 않은 모양이군요?"

"그렇다니까!"

한스의 질문에 억울한 듯 농부가 소리를 질렀다.

모험가 중 1명이 그를 달랬다.

"자, 자! 일단 이야기나 들어 보지. 어찌 된 일이오?"

농부가 더듬더듬 설명을 시작했다.

얼마 전 겔파 마을에 정체불명의 외지인이 나타났다. 마을 숲에 위치한 귀족가의 버려진 별장에 자리를 잡은 그는 기이한 수법으로 마을 처녀들을 모조리 홀리고 다녀 젊은이들의 눈총을 받았다.

"결혼을 약속했던 에밀리조차도 놈에게 넘어가 버렸습니다!"

"그렇군. 그래서?"

"……그래서라뇨?"

다음 이야기를 기다리던 모험가들이 멍한 표정을 지었다.

"잠깐?"

"그게 전부?"

뭐가 더 필요하냐며 농부가 언성을 높였다.

"에밀리는 성실하고 착한 여인이었습니다. 생전 처음 보는 놈에게 홀딱 빠지는 그런 가벼운 여자가 아니란 말입니다!"

내심 점찍어 둔 여자가 엉뚱한 놈에게 눈이 돌아갔다, 틀림없이 어둠의 힘에 홀린 거다, 뭐 이런 소리인 것 같았다.

요즘 세상엔 참 흔한 이야기였지만, 그래도 혹시 몰라 모험가가 질문을 이었다.

"그자의 외모가 어떤가?"

이를 득득 갈며 농부가 대꾸했다.

"기생오라비 뺨치게 잘생긴 놈입니다."

"나이는?"

"20대의 젊은 청년입니다."

"혹시 마을 처녀들을 홀려서 돈을 뜯어내거나 하나?"

"아니요, 어디서 난 건지는 모르겠지만 돈은 많은 놈입니다."

듣고 있던 모험가들은 어이없어했다.

"그러니까……."

"젊은 놈이 얼굴도 잘생겼는데 돈까지 많아서 여자들을 후리고 다닌다는 소리지?"

"그게 어둠의 힘씩이나 필요한 일인가?"

뒤에서 듣고 있던 바로스가 슬쩍 나섰다.

"그럼 다른 마을 사람들은 그자를 그냥 내버려 뒀습니까? 고작 1명인데 굳이 여기까지 찾아올 이유는 없잖습니까?"

농부가 어깨를 축 늘어트렸다.

"마을 사람들도 모두 그놈에게 홀려 있습니다……."

"그자가 무슨 짓을 했는데요?"

"그, 그게……."

이어진 바로스의 의문에 농부의 목소리가 점점 작아졌다.

"마을 잔치를 열거나, 아픈 사람들에게 약을 주거나 하는 식으로……."

젊고 돈 많고 잘생긴 놈이 심지어 친절하기까지 하단 소리였다.

한스가 진지하게 말했다.

"저희 길드 입장에선 귀하의 신고를 접수할 수가 없군요. 아니면 개인적으로 따로 의뢰를 하시겠습니까?"

"그, 그럴 돈은……."

농부의 안색이 창백해졌다.

모험가를 고용할 정도의 거액이 일개 농부에게 있을 리 없었다.

사령술 사건은 7여신교에서 적극적으로 해결해 주니 그것만 믿고 데라트 시티까지 온 모양이었다.

결국 농부는 상심한 채 길드 건물을 떠났다.

그 뒷모습을 보며 모험가들이 비웃음을 던졌다.

"그냥 못난 놈이 잘난 놈 시기하는 것뿐이잖아?"

"쯧쯧."

"하여튼 요즘 이런 일이 워낙 흔해서, 원."

마찬가지로 비웃음을 입가에 띄운 채 카르나크와 바로스는 길드를 떠났다.

그렇게 막 골목 하나를 돌았을 때였다.

둘의 표정이 싹 바뀌었다.

"수상하죠, 도련님?"

"수상하지."

"저거 딱 도련님이 할 법한 짓이잖습니까?"

"실제로 비슷한 짓을 하기도 했고."

얼핏 저 이야기는 전혀 이상할 것이 없어 보인다.

하지만 잘 생각해 보면 수상쩍은 부분이 있다.

분명 젊고 잘생기고 돈 많고 친절한 남자에게 마을 처녀들이 꼬이는 것은 이상한 일이 아니다.

하지만 반대로 생각해 보면?

저 정도로 능력 있는 사내가 뭐 하러 일개 시골 마을 처녀들을 유혹한단 말인가?

"진짜 능력 있는 놈이면 귀족 영애를 꼬시지, 굳이 수수한 시골 처녀를 노리겠어요?"

고개를 끄덕이며 카르나크가 중얼거렸다.

"진짜 바람둥이 사기꾼에게 시골 처녀는 별 가치가 없지."

하지만 순진한 시골 처녀가 큰 가치를 지니는 영역도 있다. 정확히는 처녀의 '영혼'이.

"흑마술 계열일까요?"

"내가 봐도 그래."

물론 세상은 넓고 괴팍한 놈들은 많으니 진짜 시골 처녀를 노리는 놈일 가능성도 없지는 않다. 하지만 확인해 볼 가치는 충분하다.

"겔파 마을이라고 했지? 가 보자."

"다들 비웃고 넘어간 덕분에 골치 아픈 모험가들이 꼬일 일도 없겠고, 부담 없이 확인할 수 있겠네요."

하루 거리라고는 했지만, 이는 두 발로 천천히 걷는 농부 입장이다.

말을 타고 이동하는 카르나크와 바로스는 반나절 만에 겔파 마을에 도착할 수 있었다.

주변 전경이 내려다보이는 인근 언덕에 올라 두 사람은 상황을 살폈다.

평범한 시골 마을이었다. 얼핏 보기엔 전혀 이상한 점이 보이지 않았다.

하지만 카르나크는 흐뭇해했다.

"제대로 찾아왔네."

바로스가 물었다.

"뭔가 보입니까?"

"너도 보여 줄게."

카르나크가 혼돈마력을 일으켜 바로스의 시야를 살짝 덮었다. 그러자 마을의 경치 아래로 희미한 검은 선들이 연결된 것이 보였다.

"오, 결계군요."

마을 지하를 통해 보이지 않는 어둠의 힘이 거미줄처럼 얽혀 있는 것이다.

워낙 은밀하게 감춰져 있어 상당한 고위 성직자라 할지라

도 발견할 수 없을 정도였다.

“솜씨가 괜찮아. 이 정도면 정석대로 익힌 것 같은데?”

얼뜨기만 보다가 정상적인(?) 사령술을 보니 반갑기까지 한 카르나크였다.

계속 마을을 살피며 바로스가 질문을 이었다.

“종말의 어둠인 건 맞고요?”

“그건 잡아 봐야 알지.”

어둠의 속성은 근원적인 부분까지 파고들어야 파악할 수 있다. 그래서 프레드 사건 때도 직접 어둠을 뽑아 흡수하기 전까진 속성을 확인하지 못했다.

“그냥 일반적인 사령술사일 가능성도 있겠네요.”

“그럴지도.”

어찌 되었건 확인해 봐야 한다. 그리고 확인은 전혀 어렵지 않다.

보는 눈도 없고, 눈치 봐야 할 동료도 없는데?

이대로 그냥 놈이 머무른다는 귀족가의 별장으로 달려가 처리해 버리면 끝나는 것이다.

“결계 펼친 상태를 보니 제법 수준은 있는 놈 같지만, 그래 봤자지.”

자신만만하게 카르나크가 고삐를 당기려 할 때였다.

“자, 후딱 가서 해치워 버릴…….”

갑자기 두 사람의 안색이 변했다.

언덕 저편에서 인기척이 느껴진 탓이었다. 심지어 그 기척은 이들을 향해 곧장 달려오고 있었다.

"어라? 누가 오는데요?"

단순히 인기척만 느낀 바로스와 달리, 카르나크는 꽤나 놀랐다.

'고위 신관이잖아?'

사령술사와 성직자는 서로의 존재에 민감하게 반응한다.

지금 다가오는 이는 상당한 수준의 신성력을 지니고 있었다.

'이런 시골 마을에 이 정도 위계의 성직자가?'

당황한 그의 눈에 한 사내의 모습이 비쳤다.

산악의 문양을 그려 넣은 녹색의 법의 차림에 떡갈나무 지팡이를 든 20대 청년이었다.

달려오며 청년이 두 사람에게 소리를 질렀다.

"시, 실례합니다, 여러분!"

달려온 청년 신관이 잠시 숨을 몰아쉬더니 대뜸 말을 쏟아냈다.

"이 마을의 수상한 점을 발견하고 오신 모험가시죠? 마침 잘되었습니다! 저도 이곳을 확인하려던 참입니다!"

이쪽이 뭐라 하기도 전에 단언해 버리는 모습이 좀 어이가 없다.

바로스가 조심스레 물었다.

"……뉘신지?"

그제야 아차 싶은지 신관이 말을 골랐다.

"이런, 제 소개가 아직이었군요. 저는 하토바를 섬기는 알리우스라고 합니다."

"대지의 교단 신관님이셨군요."

알은척을 하며 바로스도 자기소개를 했다.

"저는 제스트라드 가문의 기사, 바로스. 이분은 저희 영주님이신 카르나크 남작이십니다."

남작이란 소리에 알리우스가 눈을 크게 떴다.

"모험가가 아니셨습니까?"

오히려 이해가 안 간다는 듯 카르나크가 되물었다.

"왜 신관님께선 저희를 모험가라고 생각하신 겁니까?"

"그야 차림새만 봐도 상당한 실력자임이 틀림없어 보여서……."

그제야 두 사람은 상황을 알아챘다.

귀찮은 일을 피하기 위해 누가 봐도 실력자처럼 보이도록 옷차림을 하고 다녔더니 그걸 보고 착각한 것이다.

자신의 실수를 깨달았는지 알리우스가 조심스레 물었다.

"……혹시 두 분은 이 마을을 조사하러 오신 게 아니었습니까?”

바로스가 카르나크에게 마법 전언을 건넸다.

[어쩌죠?]

언제까지고 눈짓만으로 의사를 교환할 수는 없다. 그래서 카르나크는 혼돈마법을 이용해 바로스와 은밀한 전언 체계를 구축해 놓고 있었다.

[이제 와서 그냥 지나가던 길이라고 둘러댈 수는 없을 것 같은데요.]

[그렇지? 이 신관 놈, 어차피 이 마을에 꽂혀서 계속 파 볼 것 같은데.]

일단 두루뭉술하게 대답할 필요가 있겠다.

카르나크가 조심스러운 어조로 말했다.

“일부러 조사를 하러 온 것은 아닙니다. 그저 지나가는 길이었는데 뭔가 이상한 이야기를 들어 지켜보고 있었을 뿐이죠.”

“그렇군요!”

그럴 줄 알았다며 알리우스가 반색을 했다.

“그렇다면 저를 도와주시지 않겠습니까? 이 또한 여신을 위한 성무입니다!”

용건 뻔히 알면서도 카르나크는 천연덕스럽게 물었다.

“성무라 하시면?”

알리우스가 긴장하며 주위를 두리번거렸다. 그러더니 나

직이 입을 열었다.

"……이 마을에 사악한 사령술사가 암약하고 있을 가능성이 있습니다."

다음 권으로 이어집니다